www.blue-panther-books.de

»ClubMassage«
Die Internet-Story

Mit dem Gutschein-Code
SB1TBUTMV
erhalten Sie auf
www.blue-panther-books.de
diese exklusive Zusatzgeschichte als PDF.
Registrieren Sie sich einfach online oder
schicken Sie uns die beiliegende
Postkarte ausgefüllt zurück!

Sara Bellford

LustSchmerz

Erotischer SM-Roman

www.blue-panther-books.de

BLUE PANTHER BOOKS TASCHENBUCH
BAND 2158

1. AUFLAGE: MAI 2009
2. AUFLAGE: DEZEMBER 2009
3. AUFLAGE: NOVEMBER 2011

VOLLSTÄNDIGE TASCHENBUCHAUSGABE

ORIGINALAUSGABE

COVER: © JÖRGEN HOUTSMA @ ISTOCK.COM
UMSCHLAGGESTALTUNG: WWW.HEUBACH-MEDIA.DE
GESETZT IN DER TRAJAN PRO UND ADOBE GARAMOND PRO

PRINTED IN GERMANY
ISBN 978-3-940505-34-7

WWW.BLUE-PANTHER-BOOKS.DE

I. Teil

Sein Name war:

Baxter
Alan Baxter
Sir Alan Baxter der Dritte

Er hatte eine Passion: Er sammelte Frauen ...

Auch wenn sich diese Aussage so anhören mag, als wäre er nur hinter Weiberröcken her, um seine persönliche Strichliste zu vervollständigen, so war er doch kein Chauvinist.

Ganz im Gegenteil, er liebte Frauen. Er liebte es, ihre Leidenschaft für ihren Körper zu wecken, ihnen zu zeigen, wozu sie mit ihrer Weiblichkeit fähig waren.

Alan Baxter war in eine der reichsten und ältesten Familien dieses Landes hineingeboren worden. In der Hierarchie der Geburtsliste stand er an zweiter Stelle. Eine perfekte Symbiose eines Lebens aus Freiheiten und jugendlichem Unsinn. Im Gegensatz zu seinem Bruder, der als Erstgeborener sämtliche Pflichten zu übernehmen hatte, die ihn auch leider frühzeitig ins Grab brachten, konnte er sich frei entfalten und schlicht und einfach das tun, wozu er geschaffen wurde: verschiedenste Frauentypen erkunden und erforschen. Sein Bruder hingegen mehrte ihr Vermögen und Ansehen in der Highsociety nach bestem Wissen und Gewissen.

Nach dessen Tod übernahm Alan Baxter seine Pflichten. Er gab sein altes unbeschwertes Leben nur sehr ungern auf, hatte er doch diese kleinen Freiheiten mehr als zu schätzen gelernt. Aber nun war er Familienoberhaupt und musste Flagge zeigen. Allerdings achtete er darauf, dass diese Obliegenheiten sein Leben nicht frühzeitig beendeten. Er gönnte sich neben seinem offiziellen Leben ein stilles, eher geheimes Leben.

***

Früh begann er sich für die Reize der Frauen zu interessieren. Zunächst mit dem gebührenden Abstand und der jugendlichen Neugier, die ihn auch zu seinem ersten sexuellen Abenteuer in einer alten Scheune eines Anwesens führte. Natürlich war seine Entjungferung durch die dicke Köchin kein Highlight der sexuellen Revolution. Viel zu schnell war er ihren großen fleischigen Brüsten und ihren breiten wollüstigen Hüften erlegen gewesen, als dass er in der zugigen Scheune seine Neugier auf die beginnende Lust befriedigen konnte. Und natürlich war die Köchin von seinem »Schnellschuss« nicht entzückt.

Er schämte sich, doch sie nahm seinen Kopf und dirigierte ihn mit seinen Lippen an ihre Nippel, die von einem dunklen, großen Hof umgeben waren. Sie presste ihn an sie und hauchte ihm ein geflüstertes »Beiß mich!« in die Ohren. Verwirrt zuckte er zurück und guckte ungläubig.

Ihr breites Köchinnengesicht grinste ihn schräg an. »Lust erreicht man nicht nur durch streicheln …« Dabei strich sie ihm paradoxerweise über die Wange. »Lust kann man steigern. Durch Schmerz.« Wieder presste sie ihn an ihre Brust und diesmal biss er zu. Sanft zuerst, vorsichtig und zaghaft, doch dann wurde er mutiger und ließ ihre Nippel seine Zähne spüren. Mal zart, mal heftig und mit Erstaunen bemerkte er, dass sie ihre Hände zwischen ihre Beine führte und es sich selber machte. Sie genoss seine kleinen Bisse, und kurz bevor sie kam, nahm sie seine Hand und führte sie hinunter an eine überlaufende Grotte. Die Köchin stöhnte und keuchte, während Baxter sie mit seiner Hand und den Zähnen befriedigte. Als sie kam, schrie sie die gesamte Scheune zusammen.

Verständlicherweise war dieses Erlebnis für einen jungen Mann wie Alan Baxter ziemlich verwirrend und er schwor der holden Weiblichkeit für einige Zeit ab. Doch während seiner Studienzeit keimte dieses Verlangen immer wieder auf. Er hatte die obligatorischen Kontakte zu seinen weiblichen Kommilitoninnen und einige davon endeten auch in einer kleinen sexuellen Affäre. Sein Studium der Wirtschaftswissenschaften ließ er tagsüber nebenherlaufen.

Ihn hatte mehr das Interesse am Studium der Frau an sich gepackt. Innerhalb kürzester Zeit hatte er bei den Damen seines Jahrganges einen gewissen Ruf erlangt. Er war jemand, der das alte »Rein-Raus«-Spiel nicht auf das gute, alte »Rein-Raus« beschränkte, sondern spielte lieber mit den Frauen, die neugierig genug waren, sich in seine Hände zu begeben. Und mit jeder Frau wurde Baxter mutiger. Er begann, Gegenstände in sein Spiel mit diesen Frauen einzubauen, Dinge, die man im Haushalt fand. Gleichzeitig war er über seine finanziellen Möglichkeiten als Student ziemlich betrübt, denn ihm war zu Ohren gekommen, dass es jene Werkzeuge des Liebesspiels, die er in heimischer Kleinarbeit anfertigte, in wesentlich besserer Qualität zu kaufen gab.

Doch trotz dieses kleinen persönlichen Rückschlages, wusste er nun: Er war auf der richtigen Spur.

***

Auf Baxters erfolgreicher Reise, die weibliche Lust zu erforschen, schien sich ihm nichts in den Weg stellen zu wollen. Mut, Unkonventionelles anzupacken, paarte sich mit seiner Neugier, wie weit er mit seinen Spielereien gehen konnte. Doch ab und an kam seine Reise leider ins Stocken, denn es zeigte sich, dass er zwar die Lust der jeweiligen Frau ins Unermessliche steigern konnte, aber es nicht bei jeder zutraf. Frauen, die sich zunächst sehr neugierig und wissbegierig, sicherlich auch vertrauensselig, an ihn wendeten, um ihre eigene persönliche sexuelle Revolution zu erleben, verpassten ihm ab und an ein Feilchen. Im Laufe der Zeit entwickelte Baxter ein Gespür für jene Frauen, die sich ihrer Fähigkeit Schmerz in Lust zu wandeln nicht bewusst waren, und bei denen er die ehrenvolle Aufgabe übernommen hatte, diese Fähigkeit zu wecken. Und siehe da, die Feilchen wurden weniger.

***

Alan Baxter wurde geschickter im Umgang mit Fesseln, Klemmen und diversen Gerten. Er lernte, und genoss es, den Körper der Frau, die sich ihm hingab, gebührend zu feiern.

Mit Seilen und Knoten fesselte und schmückte er die Frauen, und sie litten für ihn in ihrer Lust. Er liebte jede einzelne dafür, dass sie sich ihm hingab, dass sie ihm die Macht gab, sie zu genießen.

***

Die Jahre kamen und gingen. Baxters persönliche, wie auch berufliche Entwicklung steuerte eine gewisse gesetzte Routine an. Er leitete das Familienunternehmen, war in der offiziellen Gesellschaft ein gern gesehener Gast und, da immer noch nicht verheiratet, Freiwild für die zukünftigen Schwiegermütter der Society. Es entwickelte sich ein regelrechter Sport zwischen diesen Damen, die ihre Töchter an den Mann, sprich ihn, bringen wollten und seinen im Laufe der Zeit immer eleganteren Ausweichmanövern. Es war eine recht amüsante Zeit.

In diesen Jahren entwickelte sich ein Teil der Gesellschaft zu einer neuen Subkultur, die sich in zwei Gruppierungen spaltete. Die eine konnte es sich aufgrund ihrer Herkunft leisten, sich im S/M-Bereich frei zu bewegen und ihrer Leidenschaft zu frönen. Die andere, zu der auch Baxter gehörte, konnte dies nicht. Zu groß war das Entsetzen über diese Entgleisungen des menschlichen Geistes. Zu hart wurde ein Urteil über die gefällt, welche sich dazu bekannten. Krank, pervers … All diese Synonyme geisterten mit dem entsprechenden Abschaum durch alle Stufen der Gesellschaft. So sah Baxter sich gezwungen, sich der Gruppe anzuschließen, die sich zu geheimen Partys an noch geheimeren Orten traf. Offiziell gab es sie nicht. »So etwas« tat man nicht! Und alle, die durch ein Ungeschick gezwungen waren, sich öffentlich zu ihrer Neigung zu bekennen, hatten den gesellschaftlichen Todesstoß erhalten.

Glücklicherweise gehörte Baxter nicht zu denen. Sie gaben sich alle Mühe, ihr Treffen und die Namen der Partymitglieder geheim zu halten. Es gelang ihnen bis auf einige Ausnahmen.

Durch diese extreme Verschwiegenheit entwickelte sich unter den immer gleichen Teilnehmern so etwas wie ein Geheimbund des S/M. Hier wurden submissive (unterwürfige) Menschen von ihren Herren zur sexuellen Belustigung anderer vorgeführt und die Praktiken gezeigt, die Baxter an seinen Geliebten schon seit Jahren vollzog. Eigentlich hätte dieser Geheimbund ein Zuhause für ihn sein können. Aber etwas störte Baxter daran. Lange Zeit wusste er nicht, was. Bis zu diesem schrecklichen Abend im Winter, als es ihm, im wahrsten Sinne des Wortes, schlagartig bewusst wurde.

***

Eine junge Frau wurde von ihrem Herrn an einer Hundeleine in die Mitte eines Kreises von alten, Baxters Meinung nach, äußerst unangenehmen Herren geführt. Er war der Einladung eines Freundes gefolgt. Eine Vorführung dieser Art hatte Baxter noch nicht mitgemacht und seine Neugier auf das Kommende überwog. Den Gedanken an Vorführungen, egal welcher Art, mochte Baxter nicht, allerdings sollte es sich hier um eine spezielle handeln und so war Baxters Neugier geweckt.

Dieser Herr, welcher die junge Frau in die Mitte des Kreises führte, ging äußerst rau mit ihr um. Sie war ein zartes, fast gebrechlich wirkendes Kind von vielleicht achtzehn oder neunzehn Jahren. Sie trug einen leichten Lederharnisch (Brustpanzer), ihre Hände waren auf den Rücken gebunden und ihre Augen wurden von einer Lederaugenbinde bedeckt. Ihre schier endlos langen Beine steckten in den damals sehr modernen Overkneestiefeln. Ein extrem reizvolles Bild, wie Baxter zu seiner Schande gestehen musste.

Die Vorführung begann mit einigen Schlägen auf ihr Hinterteil, welches sie ihrem Herrn präsentierte, während sie sich selber über einem mit Leder bezogenen Hocker beugte. Dieser Herr ging im weiteren Verlauf dieses entsetzlichen Schauspiels nicht gerade zimperlich mit seiner Gespielin um. Er schlug mit von Gewalt verzerrtem Gesichtsausdruck auf sie ein und die zusätzlichen Gemeinheiten, die er sich einfallen ließ, waren an Brutalität nicht zu übertreffen. Die Männer um ihn herum grölten wie eine aufgebrachte Menge im Zirkus. Die geilen alten Säcke hatten zwischenzeitlich alle ihre Hosen geöffnet und befriedigten sich beim Anblick des gewalttätigen Spiels selber.

Die junge Frau schrie und bettelte um Gnade. Die Striemen auf ihrem Körper schwollen an. An einigen Stellen ihres Körpers zeigten sich erste Blutspuren und ihr Gesicht war eine einzige Fratze des Schmerzes und der Erniedrigung. Doch ihr Herr ließ sich nicht erweichen, sondern schaute mit einem schäbigen Grinsen in die Runde, um sich beim Anblick der onanierenden Kerle bestätigt zu fühlen, dass er wohl auf dem richtigen Weg war.

Kopfschüttelnd sah Baxter dem Treiben zu und hatte sich mittlerweile aus der Reihe des Kreises zurückgezogen. Das da, das war nicht seine Welt! So etwas tat er nicht!

Baxter hörte das Klatschen der Schläge auf den Körper der jungen Frau, sah ihren fürchterlich desolaten Zustand, als die Männer um sie herum näher herantraten. Einer von ihnen griff in ihre Haare und zog ihr ruckartig den Kopf in den Nacken. Ihr Mund öffnete sich und er stieß ihr seinen Schwanz bis in den Rachen. Sie würgte, die Tränen liefen und der Rest der geilen Mannschaft begann sich über sie zu ergießen. Es war ein widerlicher Anblick, und Baxter wandte sich ab.

***

Irgendwann, Baxter konnte nicht genau sagen wann, ließen sie von der kleinen Person auf dem ledernen Hocker ab und zogen sich auf einen Drink zurück. Kaum war der Raum verlassen, trat Baxter aus der Dunkelheit seines zeitweiligen Versteckes hinaus, kam heran zu diesem ledernen Bock und erschrak. Die kleine zarte Frau … sie war einfach liegen gelassen worden. Wie Vieh auf dem Schlachtbock … Baxter ging vor ihr in die Hocke und ihm wurde schlagartig schlecht.

Das Mädchen hatte diverse Blutergüsse im Gesicht und aus ihren Mundwinkeln lief Blut. Ihr ganzer Körper war mit den extremsten Hämatomen übersät, die Baxter je gesehen hatte. Ihre Handgelenke waren blau und wirkten wie abgestorben. Ihm schossen die Tränen in die Augen. Das hier war nicht das, was er wollte. Wie konnte dieser Mann nur so mit dem zarten

Geschöpf umgehen?! Wie konnte er dieses kleine Etwas nur brechen und zerstören wollen?!

Baxter war fassungslos. Langsam erhob er sich, löste ihre Fesseln und fing das Mädchen auf, als sie vollkommen kraftlos vom Bock herunterrutschte.

***

Alan Baxters Butler erwartete ihn bereits, als er mit seiner zarten Last in der Tür dieses Etablissements erschien. Der Butler legte ihr eine warme Decke über den Körper.

»Krankenhaus?«, fragte er.

Baxter nickte.

Schweigend fuhren sie die paar Kilometer zur nächsten Klinik. Baxter machte sich keine Gedanken darüber, was das Personal denken würde, er wusste nur, dass er dieser kleinen Frau das zukommen lassen musste, was ihr Herr ihr nicht hatte geben wollen: Liebe, Fürsorge und Pflege.

Baxters gefülltes Bankkonto erlaubte ihm eine großzügige Spende an die Klinik und seine kleine Patientin wurde in einem separaten Bereich untergebracht, der nur mit spezieller Erlaubnis der Ärzte zu betreten war. So konnte Baxter sein Geheimnis, Teil dieser Misshandlung gewesen zu sein, gut wahren und ihr wurde geholfen.

Es dauerte Tage, bis sie sich einigermaßen erholte und zu einem Gespräch fähig war. Ständig hatte Baxter an ihrem Bett gesessen und darauf gewartet, dass sie wach wurde.

Und als es dann endlich soweit war, fehlten ihm die Worte. Sie erkannte ihn nicht, für sie war er ein Fremder. Kein Wunder, waren doch ihre Augen verbunden gewesen. Sie war nicht nur körperlich ein zierliches Wesen, auch ihr Geist war zart und, wie Baxter zu seiner Freude feststellte, noch nicht gebrochen.

Chloe, so war ihr Name, war Studentin der Literatur und

keineswegs eine submissive Person. Sie hatte auf eine Anzeige geantwortet, die ihr einiges an finanzieller Unterstützung versprach. Chloe erzählte Baxter ihre Geschichte und er ihr die seine. Sie lauschte ihm aufmerksam, und hatte er erwartet, dass sie ihm empört Gegenstände an den Kopf warf, so wurde er positiv enttäuscht. Er konnte ihr klarmachen, dass er an ihren Verletzungen nicht Schuld trug.

***

Cloes Genesung auf Baxters Anwesen ging nur langsam voran. Sie hatte mehr gelitten, als es zunächst den Anschein hatte. Doch irgendwann war dieser schreckliche Abend für sie nur noch eine dunkle, böse Erinnerung.

Eines Tages war sie soweit ihr altes Leben wieder aufzunehmen. Und damit sie nicht noch ein Mal in diese Lage kommen würde, in der sie nicht wusste, wie sie die Gebühren für ihr Studium oder ihre Miete zahlen sollte, gab Baxter ihr ein Stipendium. So hoffte er sein Gewissen freikaufen zu können, nicht früher eingeschritten zu sein.

Das Erlebnis mit Chloe bestärkte Baxter darin, diese Veranstaltungen nicht mehr zu besuchen. Das war nicht seine Welt, denn es ging ihm nicht darum einen Körper zu zerstören. Er wollte diese wunderbare Konstruktion der Natur feiern, sie preisen, sie liebkosen und hochhalten. Wenn er einen Körper mit einer Gerte traf, war dies ein Zeichen seiner Hochschätzung an diese Formen. Wenn er einen Körper mit speziellen Vorrichtungen traktierte, dann um ihm die Lust zu entlocken, zu der diese Hülle fähig war. Baxter war dankbar dafür, dass »Frau« ihn an diesem Gefühl teilhaben ließ, dass »Frau« ihm erlaubte, sie in diesem Moment auf ihren Höhenflügen zu begleiten. *DAS* war es, was er wollte!

***

Baxter kapselte sich ab. Zwar war er immer noch auf der Suche nach »seinen Frauen«, die er auch fand, und zugeben musste, dass auch ihm eine gewisse Härte während seiner Spiele zu eigen war, jedoch hatte er seine Frauen bei dem Danach immer aufgefangen, was ihm sehr wichtig und wertvoll war. Mit Hilfe seines Butlers Harold, der mehr Freund als Bediensteter war, richtete er sich ein. Sie teilten die Leidenschaft und die Lust. Das Anwesen Baxters wurde zum Hort der dunklen Passion des Sexes. Baxter und sein Butler wurden Meister der quälenden Freuden. Sie waren ein unschlagbares Team und genossen es – bis zum heutigen Tag!

Fiona

Alan Baxter hatte es sich in seinem Salon bequem gemacht. Der große Raum im Kolonialstil war bereits für den Abend hergerichtet worden. Der Kamin prasselte leise vor sich hin und auf den zwei Beistelltischen neben den beiden großen Couchen spendeten kleinere Leuchten ein sanftes Licht. In der äußersten Ecke auf der linken Seite der einen Couch hatte Alan Baxter sich ein gemütliches Plätzchen gesucht und hielt nun ein Glas mit goldenem Cognac darin in der Hand. Er hob es an und ließ die teure Flüssigkeit im Kaminlicht aufblitzen. Von dem großen Gemälde über dem Kamin blickte einer seiner Vorfahren wohlwollend auf ihn hinunter.

Baxter prostete dem alten Herrn zu. »Cheers, Sir Alan Baxter der Erste«, sagte er und grinste den würdevoll dreinschauenden Mann schräg an. Die Fantasielosigkeit im Bezug auf die Namensvergabe seiner Vorfahren machte er, Alan Baxter der Dritte, sicherlich in anderen Dingen wett.

Den ganzen Tag über hatte er schon dieses eigenartige Kribbeln der Vorfreude verspürt. Nun sollte es in knapp einer halben Stunde so weit sein.

Vor zwei Tagen wurden sie sich gegenseitig vorgestellt: Fiona Hanks, Chefredakteurin eines angesehenen Architekturblattes und er. Im ersten Moment hatte Baxter sie bereits als eine dieser widerwärtigen Journalistinnen abgestempelt. Die lästige Neugier solcher Leute hatte er bis heute immer elegant abwimmeln können, denn sein Haus und das riesige Grundstück darum galten als das letzte große Geheimnis dieses Landes.

Baxter konnte sich lebhaft das Gesicht von Fiona Hanks vorstellen, wenn eines seiner Büros wieder eine Absage für ein Interview erteilte, in diesem Fall für *ihr* Interview. Nach außen hin stellte Fiona Hanks eine dieser ehrgeizigen Damen dar, denen es mit ihrem sehr hübschen Körper gelang jede Tür zu öffnen. Dass ihre fachlichen Leistungen ebenso ansehnlich waren, wie sie selbst, bewies das Magazin, für welches sie arbeitete. Es war eins der ersten, das mit Reportagen über die höfischen Gärten seine Auflagen steigern konnte. Und Fiona Hanks war die treibende Kraft bei diesen Veröffentlichungen gewesen. Dort hatte sich ihre Hartnäckigkeit bereits gezeigt.

Verärgert hatte Fiona an ihrem Schreibtisch gesessen und die Kaffeetasse hin- und hergeschoben, als sie die letzte Absage für Baxters Gärten bekommen hatte. Sie war sauer und ihr verdrießlicher Gesichtsausdruck hatte Bände gesprochen. Als sie sich wieder gefasst hatte, war sie aufgesprungen und hatte die nächsten Events in dieser Branche durchforstet, in der Hoffnung auf Baxter zu treffen, um ihn persönlich um Einlass in sein Haus samt Gärten zu bitten.

Der Abend war gekommen und sie hatte mit Charme und Engagement die Vorzüge ihrer Arbeit vor ihm dargelegt. Er war ehrlich über ihr Fachwissen, bezüglich britischer Architektur und deren Gestaltungen in den Gärten, beeindruckt. Allerdings schien es, als hätte sich Baxter über ihre Anstrengungen eher amüsiert.

Doch als der Abend vorbei war, tauchte Fiona Hanks in seinen Gedanken auf. Und der Zufall wollte es, dass sie sich heute wiedersahen. So hatte er gleich die Chance beim Schopf gepackt und sie am Abend zu einem fesselnden Gespräch über Architektur eingeladen. Bei dem Wort »fesselnden« lächelte er. Es würde sicherlich ein fesselnder Abend werden! In Gedanken versunken zupfte er seinen Hausmantel zurecht.

Alan Baxter hatte seine Vorbereitungen getroffen und sein Butler war instruiert. Für einen kurzen Moment meinte Baxter ein Leuchten in Harolds Gesicht gesehen zu haben, als er ihm an diesem Nachmittag die für solche Gelegenheiten üblichen Anweisungen gab. Ab und an hatte der hochgewachsene, gut gebaute Butler auch ein paar pikante Aufgaben für seinen Dienstherrn durchzuführen.

Baxter hörte das Läuten der alten Hausglocke und lächelte. Fiona war pünktlich. Gut. Dem leisen Gespräch, welches nun folgte, entnahm er, dass sein Butler sie auf direktem Wege hinaufbringen würde. Zwei Minuten würde er noch warten und führte das Glas an seine Lippen, um noch einmal daran zu nippen. Er spürte, wie die Vorfreude des Nachmittags sich langsam in Erregung steigerte.

Die Schritte des Butlers, der nun die Treppe herunterkam, waren für Baxter das Zeichen, dass er hinaufgehen sollte, um seinen Gast nicht noch länger warten zu lassen. Ein Mal atmete er noch tief durch, dann stellte er das Glas auf dem kleinen Beistelltisch ab. Die Flüssigkeit darin schwang hin und her und warf das Licht des Kamins in einem warmen Ton auf das Möbelstück.

Beschwingt erhob sich Baxter und verließ den Raum durch eine Nebentür, um auf einem anderen Weg als sein Gast hinaufzugelangen. Fast rannte er die Treppe, doch zwang er sich zu einem langsameren Schritt. Vor der großen Tür der Bibliothek blieb er kurz stehen und zwang sich erneut zur Ruhe. Dann ergriff er den schweren Türknauf, drehte ihn herum und betrat den Raum mit einem Lächeln.

»Fiona, schön, dass Sie es einrichten konnten.« Er ging auf die junge Frau zu, die in der Mitte des Raumes mit dem Rücken zu ihm gestanden hatte und sich nun lächelnd ihm zuwandte.

»Die Chance, eine Erstausgabe einer der größten Architekten dieses Landes in den Händen zu halten, konnte ich mir nicht entgehen lassen.«

Er erreichte sie, nahm ihre Hand und hauchte ihr einen Kuss darauf. Sie zog erstaunt die Augenbraue hoch.

»Dann will ich Sie nicht länger auf die Folter spannen.« Es durchzuckte ihn wie ein Blitz, als er seine Worte hörte. »Bitte legen Sie doch ab.« Galant griff er nach ihrer Tasche und schob sie ihr sacht von den Schultern.

Ihre Hand hielt er dabei in seiner und bedeutete ihr so, ihm zu folgen. Er ging auf eine der Bücherwände zu und fasste hinter eines der Bücher. Wie von Zauberhand öffnete sich eine schmale Tür.

Ihr erstaunter leiser Aufschrei amüsierte ihn.

»Sie glauben doch nicht, dass ich solche Kostbarkeiten für jeden Zugänglich mache. Bitte …« Mit einer Handbewegung ließ er ihr den Vortritt.

Vorsichtig ging sie hindurch. Der kleine Raum dahinter war eine weitere Bibliothek. Fiona sah sich überwältigt um, während Baxter sie betrachtete. Ein leichtes Sommerkleid, flache Schuhe, ihr Haar trug sie hochgesteckt – perfekt!

Staunend ging sie umher und strich hier und da über einen der kostbaren Bücherrücken. »Wow … Sie haben nicht zuviel versprochen.« Entrückt lächelte sie, während er einen Schritt auf sie zutrat.

»Ich hoffe doch, dass ich das nicht habe.« Baxter legte ihr eine Hand in den Nacken und zog sie zu sich. Wieder ließ sie einen erstaunten Ausdruck hören, doch fügten sich ihre Lippen und er konnte ein aufreizendes Spiel mit seiner Zunge beginnen. Fiona atmete schwer und lehnte ihren Kopf an seine Schulter.

Dann löste er sich von ihr fragte: »Bist du neugierig genug, weiter zu machen?«

Sie zuckte leicht zusammen.

Doch er sprach leise weiter: »Ich habe da ein Modell besonders schöner Architektur, welches nur darauf wartet, von dir benutzt zu werden.« Er lächelte sacht über ihre Anspannung, die er in ihren Muskeln spürte. Die eine Hand immer noch in ihrem Nacken, schickte sich die andere an, ihr Kleid zu öffnen. Einen Moment lang meinte er ihren Widerstand zu spüren, doch er ließ ihn nicht zu.

»Du wirst es nicht bereuen …« Seinen geflüsterten Worten fügte er nach einer kleinen Pause noch ein »versprochen!« hinzu. Er schob das Kleid über ihre Schultern und es glitt hinab. Seine Hand in ihrem Nacken löste sich und er griff in das Regal hinter ihr. Seine rechte Hand traf sich mit seiner linken in ihrem Rücken und die schwarze Augenbinde legte sich geschickt über ihr Gesicht.

»Das will ich nicht …« Fiona zuckte zusammen und wollte sich entziehen, doch er presste sich an sie und nahm ihr damit die Bewegungsfreiheit.

»Du wirst dir doch nicht ein ganz besonderes Vergnügen entgehen lassen.« Seine Stimme war rau und zeigte ihr seine Erregung, dennoch ließ er sich nicht beirren und knotete die beiden Enden an ihrem Hinterkopf weiter zusammen. Aber noch war Fionas Widerstand nicht gebrochen. Sie hob die Hände und wollte die Binde runterreißen.

»Es wird fremd sein, aber ich werde dir nicht wehtun! Genieße es einfach.« Der beruhigende Ton in seiner Stimme schien die Zweifel, die sie hatte, beiseite zu wischen, und sie entspannte sich. Seine Hände glitten von ihrem Nacken hinunter in ihren Rücken und öffneten den Verschluss des BHs. Langsam und mit sachtem Druck fuhr er von ihrem Rücken unter ihren Armen nach vorn zu den Brüsten und begann sie zu massieren. Danach trat er einen Schritt zurück und besah sich sein Werk. Unter den Berührungen waren die Nippel steif geworden und Fionas Atem hatte sich noch mehr beschleunigt. Die Augenmaske unterstrich Fionas zartes Profil, als sie ihren Kopf senkte.

Baxters Hände wanderten weiter, und einen Atemzug später war ihr Slip Geschichte. Leicht tippte Baxter sie an, wobei sie erst ein Bein hob, damit er ihr die Schuhe von den Füßen ziehen konnte, und dann das andere. Langsam richtete er sich auf, nicht ohne an ihrer Scham zu verharren und diese sacht zu küssen.

»Ab jetzt kein Wort mehr«, flüsterte er. Dann nahm er ihre Hand und führte sie durch eine weitere Tür in ein kleines Kabinett.

Dieses war spärlich durch Kerzen beleuchtet und die Möbel darin waren nur undeutlich zu sehen, doch eines war auch in dieser schummrigen Dunkelheit zu erkennen: es waren keine Möbel, die man sich ins Wohnzimmer stellte.

Baxters Erregung stieg. Jedes einzelne dieser Möbelstücke würde er heute Abend mit ihr ausprobieren. Mitten im Raum ließ er Fiona stehen.

»Warte einen Moment«, sagte er und ging zur gegenüberliegenden Wand, wo er sich an einem Sideboard zu schaffen machte. Als Baxter zurückkam, stellte er sich hinter sie und sie hörte, wie es leise metallisch klapperte. Sacht strich er über Fionas Rücken, von dort über ihren Po nach vorn und langte dann zwischen ihre Beine. Ihr leises Stöhnen entlockte ihm ein Lächeln. Doch er beschäftigte sich nicht lange mit dem, was er dort fand. Entschlossen griff er nach ihrem Handgelenk und bog ihr sanft den Arm in den Rücken. Es klickte und der erste Teil der Handschellen war verschlossen. Wieder spürte er Widerstand bei ihr, aber diesmal wollte er ihn nicht mit Worten brechen. Er griff nach ihrer anderen Hand und bog auch diese auf ihren Rücken. Wieder klickte es und nun konnte sie die Hände nicht mehr frei bewegen.

Baxter trat näher an Fiona heran und rieb sich an ihren gefesselten Händen. Seine Hände wanderten derweil ihren Körper hinauf zu ihrem Hals. Er legte ihr eine Hand unter das Kinn und hob es an. Sie spürte, wie sich etwas um ihren Hals legte und ängstlich atmete sie aus.

»Es ist nichts«, beruhigte er sie, »ich will nur verhindern, dass du dich bei unserem Spiel einmischst.« Er schnürte ein Lederhalsband in ihrem Nacken fest, während ein Gewicht ihren Kopf plötzlich ruckartig in den Nacken zog und sie gleich darauf wieder ein Klicken hörte. Auf dem Lederhalsband war ein weiteres Stahlhalsband vernietet und an diesem befand sich im Nackenbereich eine schwere Metallkette, welche bis hinunter zu den mit Handschellen gefesselten Händen ging. Ein kleiner Karabiner hatte sich gerade um die Kette zwischen den Schellen gelegt und verhinderte so, dass sie ihre Schultern nach vorn fallen lassen konnte. Tat sie es, zog sich das Halsband um ihren Hals zu und sie bekam leichte Probleme tief Luft zu holen. Sie musste die Schultern zurückdrücken, damit sie überhaupt etwas Bewegungsfreiheit besaß und das hatte zur Folge, dass sich ihre Brüste in die Luft streckten und ihre harten Nippel zeigten.

Baxter lächelte, als er ihr Stöhnen hörte. Immer noch stand er hinter ihr und seine Hände wanderten hinüber zu den Brüsten, die sie ihm präsentierte. Er hob sie an und massierte sie, dann kniff er fest in die harten Nippel. Fiona bäumte sich auf, was gleich darauf mit einem leichten Röcheln von ihr quittiert wurde.

»Du weißt jetzt, wieweit du dich bewegen kannst. Halt dich daran!«, flüsterte Baxter.

Seine Hände wanderten über ihren Bauch hinunter zwischen ihre Beine. Er ließ es sich nicht nehmen, ein wenig mit ihrer Klit zu spielen, bevor er hart mit zwei Fingern in sie fuhr und ihre Feuchte zwischen ihren Beinen verteilte.

»Spreizen!« Sein Kommando kam sanft, doch ließ es keine Widerrede zu und Fiona tat, wie ihr geheißen. Baxter ging hinter ihr in die Hocke und schloss Fesseln um ihre schlanken Fußgelenke. Es klickte noch zwei Mal, in denen er die Ketten an einem Holzhocker hinter ihr befestigte. Dann löste er sich von Fiona und nickte dem Mann, der im Hintergrund das Geschehen beobachtet und sich mit den Händen an seinem Schwanz auf seine Art beschäftigt hatte, zu. Baxter selbst ließ sich in einem Sessel nieder und öffnete seine Hose, um seinen Prügel aus dem Gefängnis zu befreien. Er zeigte dem anderen Mann, dass er nun anfangen konnte. Eine zweite Aufforderung brauchte dieser nicht.

***

Der Mann im Hintergrund war der Butler, und wie Baxter sich selbst in Gedanken bestätigte, eine äußerst treue Seele von Mensch. Sein Bediensteter trat vor Fiona und griff hart an ihre aufgerichteten Titten. Sie stöhnte auf. Das waren nicht die Hände, die sie bis jetzt berührt hatten und denen sie nach anfänglichem Widerstand vertraut hatte. Doch mittlerweile war sie so geil, dass es ihr egal war, wer sie nun vögeln würde. Hauptsache, er tat es. Aber noch war er wohl nicht darauf aus, seinen Schwanz in ihr zu versenken.

Der Butler drückte Fiona sanft auf den Holzhocker und sie quiekte leicht auf. Kaum hatte sie sich zum Setzen gehockt, spürte sie einen Dildo zwischen ihren Beinen, und ob sie nun wollte oder nicht, sie musste sich darauf setzen. Langsam nahm sie einen Teil davon in sich auf und ihr Stöhnen sagte Baxter, dass er bei ihr mit diesem Spiel auf dem richtigen Weg war. Fiona bewegte sich langsam über dem Dildo, doch irgendwann hielt sie die Anspannung in ihren Muskeln nicht mehr aus und musste sich auf den künstlichen Schwanz setzen, wobei er unter ihrem Lustschrei tief in ihr versank.

Fiona atmete schwer, als sie sich langsam darauf bewegte. Die beiden Männer spielten derweil an ihren Prügeln. Breitbeinig saß Fiona vor ihnen und die Männer konnten sehen, wie das Spielzeug in ihr verschwand. Auch beobachteten sie Fiona dabei, wie sie immer feuchter wurde und ihre Säfte aus ihr herausliefen. Der Butler ging in die Hocke und seine Lippen suchten ihre Nippel. Er fand sie und begann daran zu saugen. Immer wieder biss er hart in sie hinein, und jeden seiner Bisse belohnte Fiona mit einem lauten Schrei und heftigen Bewegungen auf ihrem Spielzeug. Plötzlich stoppte der Butler und griff sich eine ihrer Titten. Schmerzhaft quetschte er sie und hantierte mit etwas an ihrem Nippel. Etwas Metallisches schloss sich um ihre aufgerichteten Zitzen. Fiona hörte und spürte, wie sich die kühle, kleine Schraube um das Gewinde immer enger um ihren Nippel schloss. Es tat weh und ließ sie aufstöhnen. Genauso verfuhr der Butler mit der anderen Seite, nur dass er sich hier erst gar nicht die Mühe gab, vorsichtig zu sein, sondern sofort hart zugriff und die Schraube an ihrem Schmuckstück von vornherein etwas fester anzog.

Der Butler lehnte sich zurück und besah sich sein Werk. Aber er war nicht ganz zufrieden. Deshalb zog er die Schraube an ihrem linken Nippel noch fester an und grinste über ihren Schrei.

Mit einer Hand fuhr er hinunter an ihren nassen Hügel. Schweiß glänzte auf ihrer Scham. Er prüfte mit einem Finger, wie feucht sie innen war, als er sie mit dem Fingernagel kratzte und sie wieder aufschrie. Der Bedienstete ließ seine Hand dort unten und kniff ihr in den geschwollenen Kitzler. Kurz darauf spürte sie, wie sich auch dort ein kleines Schmuckstück um das bisschen Haut schloss. Das war zuviel. Tränen liefen Fiona unter der Augenbinde das Gesicht entlang. Der Butler leckte die Flüssigkeit weg. Sein heißer Atem in ihrem Gesicht ließ sie erzittern. Konnte es noch schlimmer kommen? Sie hatte Schmerzen und Angst vor ihrer eigenen Geilheit, die von diesen Schmerzen verursacht worden war. Fiona wimmerte leise.

***

»Hinten«, ließ Baxter von seinem Sessel aus hören. Dann erhob er sich und ging zu dem Sideboard, griff nach etwas und kam zu Fionas Lustthron zurück. Er stieß sie hart nach vorn und sie musste immer noch die Schultern zurückdrücken, doch der Schmerz, der von diesen Bewegungen samt Spielzeugen verursacht wurde, steigerte ihre Lust nur noch mehr. Kurz schrie sie auf und verharrte dann in dieser Position, denn sie spürte, wie sich jemand an ihrem Hintern zu schaffen machte. Ein heftiger Schmerz ließ sie noch ein Mal aufschreien, dann schob Baxter ihr einen Vib tief in die Rosette. Es brannte im Hintern. Ohne Rücksicht darauf, dass ihr Hintern noch nie so genommen worden war, hatte er ihr das Gerät hineingestoßen. Für einen Moment überließ er Fiona ihrem lustvollen Schmerz.

Ihr Stöhnen war zu einem Seufzen geworden. Bewegte sie sich, stieß der Dildo in sie und der Vib in ihrem Hintern trieb sie fast zum Wahnsinn. Ihre schweren Titten brannten und ihre Klit wollte explodieren. Fiona wollte nur noch kommen, doch das ließ Baxter nicht zu. Inzwischen hatte er sich wieder in seinen Sessel gesetzt und begann nun, mit einer kleinen Fernbedienung und einem süffisanten Lächeln auf den Lippen, Fiona von hinten zu penetrieren, ohne dass er wirklich dabei war. Immer höher stellte er die Vibrationen des Spielzeugs in ihrem Hintern ein und ihr Wimmern trieb ihn, mit seiner Hand an seinem Schwanz, immer mehr an.

Der Butler hatte sich zwischenzeitlich vor Fiona gestellt und seinen Prügel an ihren halb geöffneten Lippen gerieben. Sanft presste er sich gegen sie, sodass sie ihren Mund weiter öffnen musste. Nun schob er ihr sein immens großes Werkzeug in den Mund. Er roch gut und schmeckte sauber. Als er eine Hand in ihren Nacken legte, begann sie zu blasen und die Schwere seiner Hand ließ keine andere Bewegung zu.

Die warme Feuchtigkeit ihres Mundes und die kleine gleichmäßige Zahnreihe dahinter ließen den Butler, der vor Fiona stand und sie zwang, ihn zu lecken, ausgedehnt und laut seufzen.

»Macht sie es gut?«, war die Frage aus dem Sessel zu hören.

Der Riese vor Fiona nickte. Sie leckte wie von Sinnen und

massierte ihn mit ihrer Zunge. Jedes Mal, wenn sich die Vibrationen in ihrem Hintern verstärkten, biss sie ihn in sein Gemächt. Doch anstatt vor Schmerzen aufzuschreien, verstärkte seine Hand in ihrem Nacken den Druck und hielt sie fest. Immer wieder fuhr er ihr in den Mund und sie schmatzte und leckte ihn, bis er kam. Dann zog der Butler seinen Schwanz aus ihrem Mund und spritzte ihr ins Gesicht. Während er sich weiter rieb, flossen ihr seine Säfte über die Haut. Schließlich zog er sich zurück, nickte seinem Boss zu und verschwand.

***

Keuchend saß Fiona auf ihrem kleinen Thron und der Saft des Butlers lief ihr über das Gesicht. Fiona fühlte sich unbeobachtet und versuchte, mit ihrer Zunge Flüssigkeit aus den Mundwinkeln herauszulecken. Ihre Bemühungen amüsierten Baxter. Er selber war nicht gekommen. Das wollte er sich für später aufheben.

***

»Sind sie noch da?«

Ihre Frage holte Baxter aus seinen Gedanken zurück. Er war so sehr in seine Pläne vertieft, dass er nicht bemerkt hatte, dass sie ängstlich in den dunklen Raum hineingelauscht hatte, ob außer ihr noch jemand da war.

»Ja!« Seine Stimme klang ärgerlich. »Du solltest doch schweigen!« Baxter erhob sich.

»Ich ...«, zaghaft wollte sie protestieren, doch mit zwei Schritten war er bei ihr und hielt ihr den Mund zu.

»Zwing mich nicht zum Äußersten …« Mit seiner anderen Hand öffnete er den Verschluss an seiner Hose. »Ich würde es bereuen, dein hübsches Gesicht unter einer Maske verstecken zu müssen.« Fast böswillig grinste er über das Gesagte. »Aber vielleicht hebe ich mir diese Option für später auf.«

Erschrocken sog sie die Luft ein.

Während Baxter an ihr vorbeiging, entledigte er sich im Gehen seiner Hose und Unterhose. Den Hausmantel ließ er an.

»Was haben Sie noch mit mir vor?« Angst schwang in ihrer Stimme mit.

»Halt endlich den Mund!« Baxter wurde ärgerlich. »Nichts, wovor du Angst haben müsstest. Ich werde dich nur ficken – mehr nicht.«

Fiona hörte, wie es neben ihr leise raschelte, dann spürte sie seine Hand in ihrem Nacken und wie sich die Augenbinde löste.

»Nur leider werde ich dabei auf dein hübsches Gesicht verzichten müssen.«

Die Binde fiel, und obwohl es in diesem Raum dunkel war, blinzelte Fiona hinein. Ihre Augen hatten sich noch nicht an die Dunkelheit gewöhnt und sie konnte kaum erkennen, wo sie sich befand. Lange sollte sie auch keine Gelegenheit haben sich umzusehen, denn Baxter strich ihr über die Haare, und ehe sie etwas sagen konnte, wurde es wieder dunkel. Er zog ihr eine schwere Maske über den Kopf, trat vor sie und rückte diese auf ihrem Gesicht zurecht. Dann griff er an ihren Hinterkopf und langsam schloss sich der Reisverschluss daran. In ihrem Nacken wurde dieser dann noch mit dem Halsband verschlossen.

Baxter grinste, als er ihren angsterfüllten Blick durch die Augenschlitze der Maske sah. Nur zwei kleine Löcher für die Augen und noch zwei weitere, viel kleinere, für die Nase zum Luftholen waren vorhanden, außerdem ein Reißverschluss über dem Mund.

»Es tut mir leid, aber ich hatte dich gebeten zu schweigen.« Baxter erhob sich und verschwand aus ihrem Blickfeld.

***

Er hörte das leise Zischen, wenn sie ängstlich Luft holte. »Es war eine Option, aber wer den Mund nicht halten kann ...« Für einen Moment wandte er sich ab.

Fiona war unruhig. Das Gefühl, vollkommen wehrlos zu sein, einen Schwanz zwischen ihren Beinen, einen Vib in ihrem Hintern zu haben, all das machte Fiona ihre Lage, ihm ausgeliefert zu sein, schmerzlich bewusst.

Langsam und kaum hörbar kam er zurück. Die Fesseln an ihren Füßen klapperten leise und sie konnte sich etwas bewegen. Dann spürte sie seine Bewegungen vor sich, er musste sich erhoben haben und hinter sie getreten sein. Als Baxter an der Kette in ihrem Rücken zog, röchelte Fiona.

»Aufstehen!« War seine Stimme bis vor kurzem noch von einer sanften Rauheit unterlegt, kamen seine Kommandos nun hart und unerbittlich. Sie musste sich ihm fügen. Aber gerade diese Gewissheit erregte sie mehr, als sie es sich zugestand. Nie hätte sie solche unterwürfigen Züge an sich vermutet, denn sie war eine Frau, die mit beiden Beinen im Leben stand. Nun waren diese Beine mit Fesseln belegt und es fing an, ihr zu gefallen, und selbst die schwere, nach teurem Leder duftende Maske über ihrem Gesicht. Die erlaubte ihr zwar, in der Dunkelheit bestimmte Punkte auszumachen, doch schränkte sie Fionas Gesichtsfeld sehr ein und vermittelte ihr nur den Hauch einer Ahnung, wo sie sich befand und was Baxter in den nächsten Stunden mit ihr anstellen würde.

Aber auch dieser Gedanke gefiel ihr zunehmend. Fast bedauerte sie es, dass sie den Dildo aus ihren Schenkeln entlassen musste. Er war riesig gewesen. Ein Beweis dafür, dass es eben doch auf die Größe ankam. Das weiche und trotzdem feste Material hatte sie vollkommen ausgefüllt und stieß immer wieder an die von ihr vorgegebenen Grenzen. Der Vib in Fionas

Hintern hatte sie fast um ihren Verstand gebracht. Noch nie hatte es jemand gewagt, sich mit ihrem Arsch zu beschäftigen. Ein sanftes Streicheln ihrer Pospalte war bis jetzt das höchste der Gefühle gewesen, und der harte Stoß des kleinen Lustspenders hatte sie fast den Tränen nahe gebracht. Aber sobald sie sich daran gewöhnt hatte von beiden Seiten ausgefüllt zu sein, genoss sie es. Sehr sogar!

Wie um ihre Geilheit anzutreiben, oder als eine Belohnung, schob Baxter ihr noch seinen Prügel in ihren Mund. Nie, wirklich nie war sie so geil gewesen! Und sie schaffte es nicht, sich auf dem Dildo zu befriedigen. Ihre Säfte liefen aus ihr heraus und die Erregung hatte Fiona bis in die Zehenspitzen ergriffen. Sie, die sonst höchstens zu einem langen, erfüllten Seufzer fähig war, wurde hier von zwei Kerlen fast vergewaltigt und fand es trotzdem himmelschreiend gut.

***

Baxter zog Fiona rückwärts. Sie lief vorsichtig, damit sie nicht stürzte und sich das Band um ihren Hals noch fester zuzog. Mit kleinen Schritten ging sie hinter ihm her. Sie spürte, wie er stehen blieb und sich wieder an ihren Handschellen zu schaffen machte. Fiona konnte die Hände nun für einen Moment nach vorn nehmen. Doch nicht lange, denn er griff nach ihrem Handgelenk, riss es heftig hoch und drückte es gegen einen Gegenstand. Dort klickte es und sie war unbeweglich. Mit der anderen Hand verfuhr er genauso. Keine zwei Augenblicke später stand sie breitbeinig gefesselt vor ihm. Baxter lächelte. So liebte er es ganz besonders. So würde er sie vögeln, und dieses Mal würde er kommen.

***

Baxter trat vor Fiona und betrachtete sein Werk. Kurz nickte er, dann ging er aus ihrem Blickfeld heraus. Einen Augenblick später schob er sich wieder vor sie. In seiner Hand hielt er eine kleine, lederne Peitsche. Fiona atmete angstvoll aus. Die kleinen Löcher, die sie als Luftspender zur Verfügung hatte, reichten kaum, um ihrem sich beschleunigenden Atem gerecht zu werden. Schläge! Nach allem, was er ihr angetan hatte, samt Demütigung, sollte sie noch Schläge bekommen. Er grinste wissend.

»Und auch hier gilt: keinen Ton!« Langsam strich er mit einer Hand an der Peitsche entlang. »... sonst bekommst du die Vorzüge deiner Maske zu spüren.« Er holte aus und die Peitsche traf ihren Schenkel.

Natürlich schrie sie auf. Und natürlich grinste er wieder, als er zu ihr trat und die Maske in ihrem Nacken etwas enger zog. Jetzt war es ihr kaum mehr möglich, tief Luft zu holen. Er ergötzte sich an ihrem ängstlichen Wimmern.

»Keinen Ton!« Wieder trat er vor sie und ließ sie die Peitsche in ihrer Spalte spüren. Mit fast sanftem Druck fuhr er dort entlang und wollte sie den brennenden Schmerz vergessen lassen. Doch das war nur ein schwacher Eindruck von dem, was er mit diesem Instrument vorhatte. Er holte aus und der nächste Schlag traf sie direkt auf ihrer erregten Klit, die eh schon schmerzhaft durch die Schraube eingeklemmt war. Wieder schrie sie auf. Diesmal begnügte Baxter sich nicht mit ihrem Oberschenkel, sondern schlug noch einmal zwischen ihre Beine. Baxter wusste, dass sie wieder diesen kurzen brennenden Schmerz, der sich in ihr ausbreitete, spürte und dass er sie noch geiler werden ließ.

Baxter trat von ihr zurück und setzte sich in seinen Sessel, wobei er ihrem Atem lauschte und das Wimmern darin vernahm.

Baxter griff sich an seinen Schwanz und mit jedem ihrer Atemzüge fuhr er darüber.

»Du bist noch lange nicht fertig ... also genieß es!« Wie lange er dort saß und sich daran weidete, dass sie vor Geilheit und Angst fast verging, konnte er nicht sagen.

Doch irgendwann ging er zu ihr, griff an ihren Hintern und zog den Vib genauso hart aus ihrem Arsch, wie ihn der Butler hineingeschoben hatte. Hinter ihr ging er etwas in die Knie, positionierte seinen Schwanz und stieß zu. Sofort war ein Gurgeln von ihr zu hören, doch hinter der Maske würde sie einfach keinen Schmerzensschrei zustande bekommen.

Eine Hand Baxters auf ihrem Bauch, die andere sich an dem hölzernen Gestell festhaltend, stieß er heftig in sie. Er merkte, dass sie ihm ihren Hintern entgegenhalten wollte, wahrscheinlich, damit es nicht ganz so wehtat, doch ihre Fesseln ließen es nicht zu. Unbeweglich und laut stöhnend stand sie da und ließ sich von ihm ficken. Er wusste, dass er sein Handwerk verstand. Er rammte ihr seinen Prügel in den Hintern, überwand mit jedem Stoß ihren Schließmuskel, der entsetzlich brennen musste, und hob sie somit immer wieder ein Stück an. Die Fußfesseln rissen an ihren Gelenken. Die Dehnung von hinten ging wohl auch an ihrer Möse nicht spurlos vorbei, denn sie wimmerte nach mehr. Und er tat es!

Baxters heißen Atem und sein raues Stöhnen in ihrem Nacken beachtete sie kaum, denn sie hing an diesem Gestell und wollte gefickt werden. Genauso wollte sie aber auch, dass dieser Schmerz endlich nachließ. Ihm war klar, wenn er fertig war, würde sie nach mehr schreien.

Schneller als sie wohl für sich befürchtet hatte, kam er in ihr und brüllte sein Kommen heraus. Seine Stöße wurden kürzer und waren nicht mehr ganz so tief.

Fast bedauerte Fiona es. Sie spürte sein Zucken in ihrem Hintern und wie er kurz darauf in ihr verharrte. Die Hand, die auf ihrem Bauch lag, fuhr fast sanft nach oben zu ihren Titten. Seine zweite löste sich vom Gestell und gesellte sich zur anderen hinzu. Er hob ihre Brüste und massierte sie. Es fühlte sich an, als ob die Schrauben um ihre Nippel noch etwas fester gezogen würden. Seine Fingerspitzen spielten mit den Schmuckstücken und an ihrer Klit wurde es dadurch heiß.

»Bitte …«, seufzte sie unter ihrer Maske und flehte ihn förmlich an, endlich kommen zu dürfen.

Doch er lachte nur rau. »Du bist noch nicht dran.« Ruckartig wendete er sich von ihr ab, und seine fehlende Wärme hinter ihr ließ sie frösteln. Sie verfolgte seine sich entfernenden Schritte und kurz drauf hörte sie, wie in einer Ecke des Raumes Wasser lief. Das Rauschen des Wassers stoppte und er kam zurück. Nicht zu ihr, um ihr endlich das zu geben, wonach sie sich seit Stunden sehnte, nein, er hatte sich einen Bourbon eingeschenkt und in seinem Sessel niedergelassen. So genoss er die letzten Züge seines, wie er zugeben musste, besten Orgasmus' seit Langem. Allein ihr Anblick, wie sie dort in diesem Gestell hing, ließ seinen Schwanz wieder steif werden.

»Was werde ich jetzt mit dir anstellen?« Seine Stimme klang amüsiert.

Sie wand den Kopf zur Seite und bereute es sofort. Die Vorrichtung in ihrem Nacken zog sich weiter zu und sie hatte Mühe zu atmen.

»Dummerchen«, lachte er leise, »langsam müsstest du das doch wissen.« Sogleich stellte er das Glas neben sich auf einem Tischchen ab und erhob sich. In dieser Bewegung ließ er geschmeidig seinen Hausmantel an sich heruntergleiten. Dann ging er auf sie zu.

Fiona hob den Kopf, als sie seine Wärme wieder spürte. Mit den Fingern fuhr er ihren Körper entlang, spielte mit den kleinen Schrauben an ihren Titten und ihrer Klit, und lachte ein raues Lachen, wenn sie ergeben seufzte. Er streichelte weiter an ihren Oberschenkeln entlang und spürte die Anspannung darin. Fiona zitterte. Wenn er sie jetzt von ihrem Gestell löste, dann würde sie zusammensacken und die Vorrichtung in ihrem Nacken würde ihre Arbeit ausführen.

Er ging vor ihr auf die Knie und betrachtete die von den Schlägen und ihrer eigenen Geilheit angeschwollene Möse.

»Ein Prachtstück trägst du da ...« Er war mit seinem Mund näher gekommen und sein heißer Atem huschte fast zärtlich über ihre gepeinigte Scham hinweg. Sie ließ sich in ihre Fesseln fallen und er grinste. Dann hob er die Hand. Mit zwei Fingern fuhr er an ihrer Lustgrotte entlang, um schließlich in sie zu fahren.

»Selten habe ich etwas so wunderschön Nasses gesehen«, raunte er zwischen ihren Beinen. Seine Zunge tippte ihre Klit sacht an und sie wand sich über ihm lustvoll in den Fesseln. Mit zwei Fingern dehnte er ihre Möse und entschied sich, dass dort wohl noch einiges mehr hineinpassen würde, schob so einen dritten ins Loch, dann den vierten. Seine Finger krümmten sich in ihr und er wurde mit einem erneuten Schwall ihrer Feuchtigkeit belohnt. Letztendlich schob er seine gesamte Faust hinein und ihr Schreien verkam zu einem leisen Gurgeln. Als ob er seinen Schwanz in sie trieb, fuhr er mit seiner Faust in sie. Neugierig sah er sich selbst dabei zu, wie er seine Faust in ihr drehte. Mit seinem Mund kam er immer wieder nah an sie heran, um ihre Säfte von seiner Hand zu lecken, wobei sein heißer Atem ihre gepeinigte Möse dabei streifte. Unter ihrer Maske flehte sie ihn an, nicht nur seine Hand zu lecken, sondern es ihr endlich auf diese Art zu besorgen.

Doch er lachte nur rau und sagte: »Du bekommst schon

noch, was du verdienst«, und beschäftigte sich weiter mit ihrem besten Stück. Ihr Stöhnen wurde fast zu einer Melodie des lustvollen Leidens und er ergötzte sich daran.

***

Baxters Daumen fuhr mit sanftem Druck an ihrer Klit entlang, drückte dabei auf das kleine Schmuckstück und er erfreute sich an ihren Zuckungen. Doch er wusste auch, dass diese Zuckungen das baldige Ende seines Spiels für heute bedeuten würden. Fast bedauerte er, dass er nicht, wie er sich vorgenommen hatte, jedes der Möbelstücke mit ihr heute ausprobieren konnte. Das würde sie nicht schaffen. Und lustvoll quälen war etwas anderes, als vor Lust zu zerbrechen. Er hatte ihr eine Welt gezeigt, die sie nicht kannte und von der sie nicht im Geringsten geahnt hatte, dass sie für Fiona existierte. Baxter war sich sicher, dass sie Gefallen daran gefunden hatte.

Mit einem leisen Seufzer erhob Baxter sich, ging hinüber zur Anrichte und suchte sich sein nächstes Spielzeug für sie aus. Eines, bei dem er sich sicher sein konnte, ihre eh schon vorhandene Lust und Sehnsucht nach mehr, nachhaltig zu steigern. Mit einem siegessicheren Lächeln griff er nach einem Doppeldildo aus schwarzem Latex. Biegsam und geschmeidig würde er sich in ihre Löcher versenken und Baxter bräuchte nicht viel mehr tun, als dieses Spielzeug ab und an in ihr zu bewegen und sie dabei zu lecken. So, wie sie es wollte.

Mit dem Dildo in der Hand ging er zu Fiona zurück und betrachtete ihre Handgelenke. Sie waren wund, denn das Metall der Handschellen hatte sich in ihre Haut geschnitten. Er besah sich sein Werkzeug in der Hand und ging in die Knie. Ihr Atem kam stoßweise, wie nach einem sehr, sehr langen Waldlauf. Er steckte ihr den künstlichen Penis zuerst in den Hintern und grinste als er sah, wie sie ihren Po dabei selber darüberstülpen wollte und den Dildo mit dieser Bewegung tiefer in sich hineinwand. Einen sanften Druck später war auch das andere Ende in ihrem vorderen Loch verschwunden. Er ließ sie sich für einen Moment daran gewöhnen und bewegte das gute Stück erst, als er sich mit seinem Mund ihrer Möse näherte. Langsam schloss er die Lippen um die Klit, begann rhythmisch daran zu saugen und ihr entspanntes Seufzen sagte ihm, dass er auf dem richtigen Wege war, ihr einen Orgasmus zu bescheren, von dem sie nicht nur heute etwas haben würde.

Baxter schmeckte die Säfte und das Metall des kleinen Schmuckstücks. Langsam begann er den Dildo in ihr zu bewegen. Gleichzeitig wurde sie von vorn und hinten gevögelt und ihre Seufzer verwandelten sich zu einem lauten Stöhnen. Endlich würde er sie befriedigen, endlich durfte sie kommen! Fiona genoss seine Bemühungen zwischen ihren Beinen. Mit dem Spielzeug stieß er immer heftiger in sie und ihr Stöhnen wurde rauer und kehliger unter der Maske. Ihre eigenen Bewegungen wurden immer rhythmischer, sodass er das Werkzeug in ihr gar nicht mehr zu bewegen brauchte. Sie führte sich selbst und ließ sich von ihm zum Orgasmus lecken. Dann kam sie. Sie explodierte nicht schlagartig, so wie er in ihrem Hintern, sondern die Wellen krochen langsam aus ihr heraus. Ihre Schreie hallten durch den Raum. Noch ein Mal saugte er heftig an der Klit und ihre Schreie wurden zu einem fast irren Kreischen. Zuckend hing sie in ihren Fesseln.

Baxter lehnte sich zurück und wischte ihre Säfte aus dem Gesicht, dabei sah er ihr zu, wie sie langsam, aber sicher wieder zur Ruhe kam. Dann nickte er zufrieden, stand auf und ging hinüber zu der Anrichte. Dort drückte er einen Knopf und wartete einen Moment.

***

Die Tür, durch die der Butler anfangs verschwunden war, öffnete sich und er kam wieder herein.

»Wir sollten sie jetzt abnehmen und nach oben bringen«, sagte Baxter.

Der Butler nickte.

Gemeinsam gingen sie zu dem Holzgestell und lösten zunächst gleichzeitig ihre Fußfesseln. Bei jeder Berührung stöhnte sie auf.

»Vielleicht kannst du ihr heute noch etwas Gutes tun.« Baxter grinste Harold süffisant an.

Und dieser nickte mit einem ebensolchen Grinsen.

Baxter ließ es sich nicht nehmen, die Maske in Fionas Nacken zu lösen und vom Kopf zu nehmen. Schweißnass kam ihr Gesicht darunter zum Vorschein. Sie hatte die Augen geschlossen und ihren Mund leicht geöffnet.

Baxter beugte sich vor und küsste sie. »Für dein erstes Mal warst du ein wirklich braves Mädchen.« Er strich ihr eine verschwitzte Haarsträhne aus dem Gesicht und begann das Halsband in ihrem Nacken zu öffnen. Sie war erschöpft und spürte kaum, wie sie aus ihren Fesseln befreit wurde. Ihre Hände lösten sich aus den Handschellen und sie fiel dem Butler direkt in die ausgebreiteten Arme. Er hob sie hoch und trug sie hinaus.

»Kümmere dich bitte noch etwas um sie ... Das Aufräumen übernehme ich!«

Er nickte Baxter noch einmal zu.

***

Der Butler trug Fiona hinüber in einen angrenzenden Raum, der nur für diese Zwecke eingerichtet worden war, und legte sie behutsam auf einem großen, mit Baldachin versehenen Bett ab. Durch die schweren Vorhänge fiel das Licht einer

Straßenlaterne und gab ihm genug Sicht, damit er sich in diesem Raum zurechtfand.

Fiona rekelte sich auf den samtenen Laken und seufzte leise vor sich hin. Der Butler fand, was er gesucht hatte und kam zu ihr zurück. Sacht griff er nach ihren Handgelenken und versorgte diese mit einer kühlenden Salbe. Auf die gleiche Art verarztete er auch die Striemen auf ihrem Oberschenkel. Schweigend sah Fiona ihm dabei zu und ließ es mit sich geschehen. Ihre schweren Brüste hoben sich jedes Mal, wenn er sie berührte und er ließ es sich nicht nehmen, auch ihre Nippel mit der Salbe zu versorgen. Die Kühle, die ihre empfindlichen Rosen danach umspielte, steigerte ihre Erregung.

»Sie sollten jetzt schlafen«, raunte er und wollte sich entfernen, doch sie hielt ihn an der Hand zurück.

»Ich kann noch nicht«, sagte sie leise.

Der Mann nickte, legte ihre Hand ab und begab sich zu einem Tisch, auf dem eine kleine Karaffe mit Wasser stand. Er hantierte an einer Schachtel, füllte etwas in ein Glas und goss Wasser drauf. Langsam vermischte er die Zutaten und kam zu ihr zurück. »Trinken Sie.« Er reichte ihr das Glas und half ihr dabei sich aufzurichten. Während Fiona trank, ließ sie ihn nicht aus den Augen.

»Gleich werden Sie schlafen und morgen sind Sie frisch und ausgeruht.« Er lächelte.

Doch sie schüttelte sacht den Kopf, als sie die Beine spreizte und nach seiner Hand griff. »Es hat nicht gereicht, was er mir gegeben hat ... Bitte!«

Der Butler lachte rau, öffnete seine Hose und griff nach seinem Prügel. Über die Kameras in der kleinen Kammer neben dem Kabinett hatte er seinen Chef bei dessen Spiel beobachtet und war leider mit der Bearbeitung seines Prügels nicht fertig geworden. Also, warum nicht hier und jetzt? Die Hose fiel und er stieg zu Fiona auf das Bett. Kaum hatte er sich zwischen ihren Beinen positioniert, griff sie nach seinem Schwanz und zog fast grob daran, um ihn sich einzuführen.

Fiona stöhnte. »Tu es heftig!«

Er nickte, kniete sich hin, hob ihren Hintern und begann in sie zu stoßen. Und er fickte sie heftig! Für jeden Stoß erntete er einen lauten Schrei als Belohnung. Er wunderte sich, dass sie nach diesem Abend überhaupt noch fähig war, einen Laut von sich zu geben, aber es war ihm eigentlich auch egal. Er hatte die Möglichkeit, eine vor Geilheit vergehende Frau zu ficken und wollte sich diese Gelegenheit nicht entgehen lassen. Nach kurzer Zeit schwitzte er und die Schweißtropfen fielen auf ihre Brüste. Er griff nach den Brüsten und knetete sie mehr als schmerzhaft, aber auch das schien Fiona nicht zu reichen, denn sie kniff sich selbst in ihre Nippel und genoss es. Sein Boss hatte gute Vorarbeit geleistet. Diese Frau würde sich nie wieder mit Blümchensex zufrieden geben und auf jeden Fall wiederkommen.

Immer wieder stieß der Butler wild in sie und Fiona selbst legte nun einen Finger über ihren Kitzler. Wie eine Wahnsinnige rieb sie sich und aus ihrem Stöhnen wurden laute »Ja«- und »Fick mich«-Rufe. Der Kerl zwischen ihren Beinen grinste und setzte zum Endspurt an, als sie plötzlich, und für ihn fast unerwartet, unter ihm explodierte. Dann schrie er ihr seinen Orgasmus entgegen und brach über ihr zusammen. Sie lachte, griff unter ihren Hintern und verteilte seinen Saft auf ihrem Körper.

»Das hat mir gefehlt.« Ihr Lachen wurde leiser und ihr Atem gleichmäßiger. Irgendwann spürte der Butler, dass sie eingeschlafen war. Die kleine Schlafhilfe schien zu wirken. Er erhob sich und restaurierte sich, dann verließ er sie.

***

Zunächst hatte Baxter sich etwas von dem Whisky eingegossen und sich zu seinem Sessel begeben. Er hatte langsam getrunken, das leichte Brennen des Alkohols in seinem Rachen ausgekostet. Mit einem Blick auf seinen Schritt hatte er gegrinst. Das Glas hatte auf dem kleinen Tischchen neben ihm Platz gefunden und er hatte begonnen, seinen harten Schwanz zu massieren, sich dabei vorgestellt, was gerade in dem anderen Zimmer vor sich gehen mochte. Seine Leckaktion hatte ihn als finales Ereignis noch einmal sehr erregt, deswegen hatte er seine feuchte Spitze heftig zusammengedrückt und sich ausgemalt, wie es wäre, wenn es Fionas Zunge und ihre Zähne gewesen wären, die ihn gerade bearbeitet hätten. Genüsslich hatte er sich zurückgelehnt. Als gebührenden Abschluss dieses mehr als gelungenen Abends hatte er sich keinen allzu schnellen Spritzer gönnen wollen, immer wieder hatte er in seinen Bewegungen gestoppt. Erst, als er die Geräusche aus dem anderen Raum, in dem sein Butler seinen Dienst verrichtete, gehört hatte, hatte er seinen Schwanz so heftig malträtiert, dass er mit einem lauten Aufschrei gekommen war.

***

Fiona schlief lange. Traumlos. Das Letzte, an das sie sich erinnerte, war der Butler, der sie vollgespritzt hatte.

Mit einem Lächeln erwachte sie, zog sich die Laken noch einmal über die Schultern und blinzelte in den Raum. Das Sonnenlicht fiel durch den gleichen Spalt im Vorhang, wie vor einiger Zeit das Licht der Straßenlaterne. Langsam spürte Fiona ihren malträtierten Körper und seufzte, während sie ihre Hände unter der Decke hervorholte und sich die Gelenke besah. Es hatte wehgetan. Aber gleichzeitig schob sich ein Gedanke in ihr Hirn, den sie amüsiert begrüßte. Es hatte zwar wehgetan, aber sich auch gelohnt. Das, was gestern Abend geschehen war, hatte sie mehr als überrascht, mehr als ... sie fand keine Worte dafür. Die Angst, die sich in Lust verwandelt hatte, die Schmerzen, die sie fast vor Geilheit um den Verstand gebracht hatten, der Orgasmus, als Baxter ihr dann schlussendlich erlaubte, zu kommen ... und nicht zu vergessen: der Fick durch den Butler!

Was für ein Abend!

Und wenn sich Fiona nicht täuschte, wurde sie bei dem Gedanken an den letzten Abend schon wieder feucht. Sie schob die Hände zurück unter die Decke und fühlte nach. Und wie sie auslief! Seufzend begann sie sich selbst zu massieren und stellte sich die Bilder vom gestrigen Abend vor. Nun war *sie* Zuschauer und kam! Laut schrie sie ihren Orgasmus heraus.

Danach lehnte Fiona sich zurück in die Kissen und döste noch etwas vor sich hin. Bis zu dem Moment, als sie hörte, wie sich die Tür zu ihrem Schlafraum öffnete. Fiona hielt die Augen geschlossen und verfolgte die Schritte desjenigen, der hereingekommen war, nur mit dem Gehör. Zwei Augenblicke später wurde die Tür wieder geschlossen und sie war allein. Neugierig öffnete sie die Augen und vor ihrem Bett stand wie durch Zauberhand ein kleiner Tisch mit zwei Paketen darauf.

Langsam erhob sie sich und glitt elegant unter den Decken hervor. Ihre Beine zitterten immer noch etwas von der Anstrengung, aber allein dieser Gedanke, machte sie schon wieder geil. »Du elendes kleines Luder«, grinste sie ihr Spiegelbild an, »was glaubst du, tust du hier eigentlich?« Fiona ging hinüber zu dem kleinen Tisch. Auf den Paketen lag ein handgeschriebener Brief, den sie aufklappte und las:

Ich hoffe, Du hast gut geschlafen und konntest Dich von den Anstrengungen gestern gut erholen. Es war ein Vergnügen

der ganz besonderen Art, Dich in Deine Welt einzuführen. Bereits als ich Dich das erste Mal sah, wusste ich, dass Du ein besonderes Talent hast.

Fiona staunte über die Worte. Wie konnte dieser Mann sehen, dass sie diese verborgene Lust in sich trug? Sie wusste es ja bis gestern selbst nicht.

Du siehst die zwei Pakete vor Dir. Das heißt, Du kannst wählen. In dem einen Paket liegt Dein Kleid und der Rest Deiner Wäsche.

Sie griff nach dem einen, und tatsächlich waren dort ihre Sachen drin, ordentlich zusammengefaltet, wie auf sie wartend.

In dem anderen liegt ein Präsent von mir für Dich. Ein kleines Zeichen meiner Wertschätzung für das, was Du mir gestern beschert hast.

Sie öffnete das andere Paket und sog erstaunt die Luft ein. Dort lag eine schwarze Lederkorsage, im Rücken zu schnüren. Die Korsage endete kurz unter dem Brustansatz und hob die Brüste der Trägerin. Fiona griff nach dem Kleidungsstück und fühlte das weiche, fast sanfte Leder.

Du kannst wählen: Nimmst Du das Paket mit Deinem Kleid, bedanke ich mich für einen wunderschönen Abend und wir werden uns nie wiedersehen.

Nimmst Du das andere Paket, dann erwarte ich Dich heute Abend um sieben zum Dinner. Kleide Dich darin und ich verspreche, dass ich Dir Deine neue Welt zeigen werde …

Fiona strich über die Korsage und sah auf ihre eigenen Sachen. Bevor es ihr selbst bewusst wurde, hatte sie sich schon entschieden.

Der Blick auf die Uhr sagte ihr, dass sie noch knapp drei Stunden bis zum Dinner hatte. »Himmel … Wie lange hab ich bloß geschlafen?!«

Nackt lief sie in ihrem Zimmer umher und sah sich um. Einige Türen führten in diesen Raum und sie prüfte jede davon. Es gab zwei, die sie auf den Flur lotsten und eine, Fiona stockte der Atem, als sie es betrachtete, die sie in ein wunderschönes, antik gestaltetes Bad schleuste. Ehrfürchtig ging sie hinein und gönnte sich die Kühle des Raumes. Langsam, fast traumwandlerisch, schritt sie durch dieses Zimmer und berührte hier und da einen der Gegenstände. Schlussendlich entschied sie sich für ein ausgedehntes Bad. Ihre geschundenen Glieder würden es ihr danken. Sie ließ heißes Wasser ein, suchte nach einem Handtuch und glitt dann in die gefüllte Wanne. Als sie spürte, wie sich ihre Muskeln nun endgültig entspannten und wie die Wärme zwischen ihren Beinen ihren Job verrichtete, seufzte Fiona. Sie massierte ihre Brüste und ließ den Schaum der Seife darüberlaufen. Immer wieder griff sie sich zwischen die Beine, um sich selber aufzugeilen. Sie fragte nicht mehr nach dem Warum, sondern nahm sich vor, ihm alles zu erlauben, auch sie in alle Löcher, die sie ihm bieten konnte, zu ficken. An den Schmerzen, die er bereit war ihr zu bereiten, würde sie sich aufgeilen und sie würde alles genießen. Scheiß auf ihr altes Leben! Wenn sie heute die Chance bekam, sich so vögeln zu lassen, sie würde es tun …

***

In den nächsten Stunden bereitete sie sich und ihren Körper auf das vor, was sie sich von diesem Abend erhoffte. Nach dem Bad ölte sie sich ausgiebig ein und gestattete sich nicht mehr, sich noch ein Mal selbst zu befriedigen. Sie wollte ihm ihre Geilheit zeigen und ahnte, was er damit anstellen würde.

***

Irgendwann ging sie hinüber in ihren Schlafraum und strich über die Korsage. Sie freute sich darauf, das Stück anzulegen, doch gleichzeitig war ihr nicht klar, wie sie sich selber schnüren sollte. Auf ihr Gesicht legte sich ein Grinsen, während sie sich kurz umsah und diesen für sie sehr wichtigen Knopf fand. Sie drückte darauf und wartete. Einen Augenblick später betrat der Butler den Raum. Nackt und breitbeinig saß Fiona auf dem Bett.

»Wären Sie mir bitte behilflich?« Innerlich grinste sie über ihre aufkeimende Geilheit, denn sie wusste, jetzt würde dieser Mann sich nicht an ihr vergreifen. Nicht, bevor sein Boss sein Werk getan hatte. Sacht strich sie sich über ihre Grotte und verfolgte den Mann mit Blicken. Anscheinend gefiel ihm, was er da vor sich hatte, denn ihr Anblick musste dem Kerl das Blut in den Schwanz treiben. Er nickte ergeben, trat hinter sie und begann sie zu schnüren, nachdem sie sich die Korsage umgelegt hatte.

»Fester bitte ...« Fiona beugte sich vor, stützte sich mit den Händen am Bett ab und hielt ihm quasi so ihren Hintern hin. Sie erwartete keine gesprochene Antwort, aber das Ruckeln in ihrem Rücken sagte ihr, dass er verstanden hatte. Es dauerte lange, bis er fertig war und sie war keineswegs darüber erstaunt, dass selbst das hier sie aufgeilte. Ihr Atem ging schwer, und wie um seine Arbeit zu prüfen, fuhr der Butler von hinten über ihre Brüste und rieb seinen Prügel an ihr.

»Ich könnte dich jetzt ficken, bis du wund bist«, raunte er ihr in das Ohr, »aber ich warte, bis Baxter mit dir fertig ist und dann ...« Der Butler verschwand und sie sah ihm hinterher.

Zwei Kerle mit gut gebauten Schwänzen ... Es würde ein wundervoller Abend werden!

Mit einem Blick auf die Uhr griff Fiona nach einem Hausmantel und verließ den Schlafraum. Beschwingt ging sie die Treppen hinunter und ihr freier Schritt erregte sie. Am Treppenansatz lauschte sie nach Stimmen, hörte welche und folgte ihnen.

***

Baxter sah auf, als sie den Raum betrat. Was für eine Erscheinung! Er war sich sicher gewesen, dass Fiona das zweite Paket wählen würde. Aber wie immer bei solchen Dingen, stand eine Frage im Raum. Was würde siegen, die Neugier oder die Angst? Bei ihr war es offensichtlich. Ihren letzten Orgasmus hatte er gestern mit dem seinen kombiniert, ohne dass sie es ahnte. Im Falle eines Falles konnte er sich auf seinen treuen Butler verlassen.

Und nun schwebte sie förmlich herein. Den Hausmantel trug sie offen und das seidige Gewebe umhüllte ihre Schritte. Sie ging nicht auf den Platz zu, den ihr der Butler zurechtrückte, sondern kam direkt auf Baxter zu, schob das Geschirr vom Esstisch und setzte sich breitbeinig darauf.

»Wollen Sie sich wirklich mit solchen Nebensächlichkeiten wie Essen beschäftigen?« Fiona grinste ihn an und griff nach seiner Hand, die sie an ihre Spalte führte.

Er lächelte. »Das ... wird heute nicht versiegen« Er beugte sich hinunter und küsste sie auf ihre Möse. Dann hob er seinen Kopf und griff nach ihren Titten. »Du solltest zumindest eine Kleinigkeit zu dir nehmen« Sacht kniff er sie in ihre Nippel. »Und etwas trinken ...« Er beugte sich vor und ließ seine Zunge über ihre Nippel gleiten.

***

Die Drei betraten das kleine Kabinett. Nun hatte Fiona die Möglichkeit, die Möbel darin zu begutachten. Den kleinen Holzhocker mit dem Spielzeug hatte sie schon kennengelernt, das Holzkreuz wusste sie ebenso zu schätzen. Es befand sich noch ein Bock hier im Raum, wie man ihn aus dem Turnunterricht kannte.

Langsam ging Fiona an den Gerätschaften vorbei, während

Baxter in der Tür stand und ihr dabei zusah. Kurz darauf entledigte er sich seiner Kleider und zu Fionas Erstaunen tat der Butler das Gleiche.

Etwas abseits stand ein Stuhl, welcher beim ersten Hinsehen dem eines Gynäkologen sehr ähnelte. Doch war seine Bauart wesentlich leichter und er war quasi umrahmt von einem kugelartigen Gestell, in dem er selbst befestigt war.

»Du darfst wählen.« Während sie durch den Raum gewandert war, hatte er sich bereits das nötige Handwerksgerät zurechtgelegt. Lächelnd tippte Fiona auf den Bock und er winkte sie zu sich.

Langsam schob er ihr den leichten Mantel von den Schultern und mit einer eleganten Handbewegung legte er ihr das Halsband um. Er trat näher und sein stehender Schwanz wollte sich in ihren Bauch bohren. Mit geschlossenen Augen lächelte sie. Der Butler war neben sie getreten und reichte seinem Dienstherrn diverse Kleinigkeiten, mit denen er sie beglücken wollte.

Baxter ging vor ihr auf die Knie und zupfte die untere Kante ihrer Korsage etwas zurecht. Neugierig sah sie ihm dabei zu und erst jetzt fiel ihr die kleine Öse am unteren Rand auf. Sie stellte sich breitbeinig vor ihn und er befestigte eine grobe zweigeteilte Silberkette an ihrem Kleidungsstück. Mit beiden Händen führte er die Kette hinunter zu ihrem Lusthügel, zog je einen Silberstrang an ihrem Kitzler vorbei und brachte die zwei Teile in ihrer Pospalte wieder zusammen. An ihrer Hinterseite angekommen, übernahm der Butler die Enden dieses Schmuckstückes, riss ein Mal fest daran, was sie mit einem erschreckten Laut kommentierte, und befestigte die Enden an der Korsage. Immer noch vor ihr auf den Knien zog Baxter ihren Kitzler in die richtige Position zwischen den Ketten. Sie seufzte und spürte, dass sie nicht mehr lange ohne Hilfe stehen konnte. Er hatte ihre Klit noch zwischen zwei Fingern und befestigte gerade das kleine Schraubschmuckstück daran, als sie sich endgültig an seinen Schultern festhalten musste, damit sie nicht umfiel.

Der Butler war hinter sie getreten und nun lehnte sie sich an ihn, fühlte, wie sich dessen Prügel in ihren Hintern bohren wollte. Doch anscheinend waren die Herren mit den Vorbereitungen noch nicht am Ende. Der Butler kniff sie in ihre Nippel, die noch härter wurden, und sein Boss verschraubte die kleinen Schmuckstücke daran. Während er dies tat, massierte der Butler ihre Brüste und ließ sie seinen heißen Atem an ihrem Hals spüren.

Baxter hingegen trat einen Schritt zurück und betrachtete das Ergebnis seiner Bemühungen. Zufrieden nickte er und der Butler führte ihrer beider Objekt der feuchten Begierde hinüber zu dem Bock. Er war etwas kürzer und niedriger als die Böcke, welche in Turnhallen zu finden waren. Jedoch stand er auch auf vier Holzfüßen, welche man in der Höhe verstellen konnte. Der eigentliche Korso bestand aus einem kissenähnlichen Aufsatz aus braunem Leder.

Bäuchlings legte Fiona sich darüber und die Kette zwischen ihren Beinen riss unsanft an ihrem besten Stück. Es brannte schmerzhaft, doch sie verlangsamte ihre Bewegung, damit sie den vollen Schmerz auskosten konnte.

Ihre Arme baumelten auf der Kopfseite herunter und sofort waren zwei heftig keuchende Kerle zur Stelle, um sie, ein jeder auf seiner Seite, an den hölzernen Beinen zu fixieren. Ebenso verfuhren sie mit Fionas Beinen.

Wieder trat Baxter einen Schritt zurück und betrachtete die sich ihm bietende, feuchte Schönheit zwischen ihren gespreizten Beinen. Er konnte nicht anderes, als kurz hinter ihr in die Knie zu gehen und sie langsam an ihrer Spalte zu lecken. Sie schmeckte gut, diese Mischung aus Geilheit und Angst. Während er hinter ihr kniete, machte sich der Butler über ihr an der Kette ihres Halsbandes zu schaffen. Er führte das silberfarbene Metall durch die kleine, zweigeteilte Silberkette an ihrem Rücken, zog heftig daran, belächelte ihr Röcheln und den Spritzer ihrer feuchten Möse in das Gesicht seines Chefs, um dann das freie Ende an einer weiteren Kette, die er von der Zimmerdecke herunterholte, zu befestigen. So fixiert hob sich ihr Hinterteil etwas in die Luft. Das Schmuckstück über ihrer Möse schnitt in ihr geiles Fleisch und die Fesseln an Händen und Füssen brannten. Sie konnte sich nicht mehr bewegen. Die kleine Partie konnte beginnen.

Fionas Herz klopfte wild, ihr Atem kam stoßweise und sie fühlte, wie ihre Säfte aus ihr herausliefen. Die kleinen Schrauben an ihren Nippeln drückten sich durch ihr eigenes Gewicht in das pralle Fleisch. Fiona hatte zwar nicht viel Bewegungsfreiheit, aber sie versuchte ihre Titten selbst durch leichtes Hin- und Herbewegen zu massieren. Die beiden Kerle waren zurückgetreten und beobachteten Fiona bei ihren Bemühungen.

»Ist das alles?«, kam die Frage gepresst aus ihr hervor.

»Sicher nicht.« Baxter war neben sie getreten, wühlte in ihren Haaren und zog ihren Kopf ruckartig nach hinten. »Und wenn du nicht still bist«, für einen Moment verschloss er ihren Mund mit einem Kuss, der sie schwindlig werden ließ, »dann werden wir wohl doch noch die Maske anbringen müssen. Was sehr schade wäre, denn dann müsste immer einer von uns auf eins deiner entzückenden Löcher verzichten.« Sein fieses Grinsen ließ ihren Herzschlag anschwellen. »Und das wollen wir doch nicht, oder?!«, keuchte er in ihr Ohr.

Die Hitze seines Atems und die feuchte Zunge, die er kurz

darauf an ihrem Ohrläppchen rieb, verursachten ihr eine Gänsehaut und trieben die Schräubchen an ihren Titten noch weiter ins Fleisch. Er ging. Die Kälte, die er hinterließ, gruselte sie nun endgültig.

Fiona konnte nichts mehr sehen, nur durch die Geräusche vermuten, was die Männer in diesem Raum gerade taten. Wie ein Stück Schlachtvieh lag sie auf diesem Bock und wartete, was nun geschehen würde. Sie hörte die Männer leise reden, ab und an lachte einer von beiden, aber sie beschäftigten sich nicht mit ihr. Alles spielte sich im Hintergrund ab. Fiona konnte den Kopf nicht wenden, um nachzusehen, was vor sich ging.

***

Irgendwann schienen die Herren gnädig gestimmt, denn der Butler stellte sich vor sie. Sie roch seinen steifen Schwanz und sah die rote Spitze seines Prügels direkt vor ihren Augen. Der Mann drückte seinen Schwanz etwas nach unten und forderte sie so auf, den Mund für ihn zu öffnen. Sie schüttelte den Kopf, denn in dieser Position war es ihr nicht möglich ihn zu blasen. Kaum hatte sie den Kopf bewegt, knallte die Peitsche auf ihren Hintern und sie schrie mit offenem Mund. Der Butler nutzte die Gelegenheit und schob seinen Prügel hinein. Sie würgte und seine Hand in ihrem Nacken verhinderte, dass sie sich zurückziehen konnte. Tränen schossen ihr in die Augen. Ihr Hintern brannte.

Der Butler nickte seinem Boss zu und diesmal traf die Peitsche ohne weitere Vorwarnung direkt ihre feuchte und geschwollene Möse. Fiona kreischte erstickt, versuchte ihre Spalte vor den nächsten Schlägen zu verstecken, rieb sich aber nur an der Kette zwischen ihren Schamlippen und wimmerte leise vor sich hin.

Wieder trieb das Leder zwischen ihre Scham und wieder

brannte es wie Feuer. Doch Baxter nahm darauf keine Rücksicht, auch nicht, dass sein Butler das Gesicht unter Schmerzen verzog, denn bei jedem Schlag biss sie zu, und für jeden Biss bekam sie einen neuen Schlag zwischen die Beine, bis sie glaubte, das Fleisch müsse dort in Fetzen herunterhängen.

Endlich hörte er auf, endlich verebbte das Brennen zwischen ihren Beinen und das Blut floss pochend in ihre gepeinigte Scham. Der Butler bewegte seinen Schwanz in ihrem Mund und sie gab sich Mühe, nicht mehr zuzubeißen. Sie jammerte leise vor sich hin.

Doch noch war dies nicht das Ende. Sie spürte, wie Baxter sich an ihrem Hintern zu schaffen machte, verteilte eine Flüssigkeit darauf, die ihr gepeinigtes Fleisch angenehm kühlte. Er verteilte sie auch zwischen ihren Schamlippen, die er auseinanderschob und etwas einführte. Fiona riss die Augen auf, und der Butler amüsierte sich. Es brannte an ihrem wunden Fleisch und was immer er ihr auch dort unten reinsteckte, war im normalen Leben sicherlich nicht dafür gemacht worden. Es fühlte sich kühl und metallisch an. Kaum war es in ihr, begann es sacht zu kribbeln und ließ sie aufseufzen. Nach der Gewalttour mit der Peitsche war das hier geradezu eine Wohltat. Das Kribbeln steigerte sich.

»Was man mit einer kleinen Batterie doch nicht alles zustande bekommt ... auf rohem Fleisch«, hörte Fiona Baxters leicht gehässige Stimme.

Das Kribbeln wurde stärker und begann sich in heftigen Pieksen zu verändern.

Strom?, schoss es Fiona durch den Kopf, *Elektrizität in meiner Fotze?!* Jetzt bekam sie es endgültig mit der Angst zu tun. Aber bevor sie sich zu sehr damit beschäftigen konnte, spreizte Baxter ihren Hintern und schob seinen Prügel hinein. Es schmerzte nicht mehr so schlimm wie am gestrigen Abend, als sie dort entjungfert wurde, aber angenehm war dieser Schmerz im ersten Moment immer noch nicht.

Baxter bewegte sich nicht in ihr, sondern verharrte, und das Pieksen in ihrer Möse wurde zum Stechen, das sie aufschreien ließ. Und obwohl sie selbst damit nicht gerechnet hatte, genau dieses Stechen brachte sie innerhalb kürzester Zeit zum Orgasmus. Erst als Baxter ihren Höhepunkt spürte, begann er wild in sie zu stoßen. Auch der Butler fickte sie nun heftiger in ihren Mund. Unter den Stichen und Bewegungen der Männer zuckte Fiona wie eine Wahnsinnige. Den kleinen Bewegungsspielraum, den ihre Fesseln ihr gaben, nutzte sie aus und trieb Baxter in ihrem Hintern zur äußersten Ekstase, die sich mit seinem kehligen »genauso« entlud. Der Butler spritze ihren Mund nach kurzer Zeit voll und sie musste schlucken. Dann entließ sie den Schwanz aus seinem feuchten Gefängnis. Nun konnte sie endlich laut stöhnen und ihre Angst und Geilheit herausschreien. Wild keuchend sank sie über ihrem Bock zusammen. Mit einem Ruck zog Baxter ihr den Schwanz aus dem Hintern und das seltsame Gerät aus ihrer überschäumenden Möse. Die beiden Männer ließen sie allein.

Fiona weinte. Das hatte sie nicht erwartet. Obwohl der Orgasmus alles übertraf, was sie je erlebt hatte, weinte sie. Aber keiner der Männer kümmerte sich um sie.

In einer Ecke des Raumes hörte Fiona Wasser rauschen und sie bemerkte, wie voll ihre Blase war.

»Ich muss pinkeln«, brachte sie schwach heraus.

»Hm ...«, hörte sie leise, »das muss noch etwas warten.« Lachen aus zwei Kehlen begleiteten diese Aussage.

Allerdings traten die Männer wieder zu ihr und Fiona fühlte, wie ein Tuch die Feuchte zwischen ihren Beinen trocknete.

Dann hörte sie, wie ein Stuhl hinter sie gestellt wurde und jemand darauf Platz nahm.

»Dann lass mal laufen.« Anscheinend amüsierte Baxter sich über sie.

»Wie bitte?« Sie verstand nicht sofort.

Als hätte er dies geahnt, legte er seinen Mund über diese eine Stelle zwischen After und Vagina und begann langsam daran zu saugen. Sie spürte es bis in die Fußspitzen, dieses warme Kribbeln.

»Ich kann nicht ...«

Der Butler lachte, trat vor sie und hielt ihr eine Flasche Wasser an die Lippen. »Dann werden wir dich so lange abfüllen, bis du es kannst. Von ganz allein.« Er hob die Flasche an und das Wasser lief ihr die geschlossenen Lippen entlang. Sie wimmerte. Lange konnte sie ihre Blase nicht mehr verschließen. Das Wasser lief über ihr Gesicht und verstärkte den Drang, Wasser zu lassen, immer mehr. Sein Boss saß immer noch hinter ihr und leckte diese eine Stelle.

Irgendwann konnte Fiona nicht mehr. Sie spürte die ersten Tropfen aus sich herauslaufen.

»Geht doch«, keuchte Baxter, »lass es langsam zu.«

Fiona krampfte sich zusammen und hielt den Strahl zurück.

»Weiter«, es war mehr ein Schmatzen, als ein gesprochenes Wort.

Wieder gab sie einen kleinen Strahl frei und keuchte unter der Anstrengung. »Ich kann nicht mehr«, schrie sie und entspannte ihren Muskel vollkommen. Sie hörte Baxter zwischen ihren Beinen, wie er sie aussaugte, wie er jeden einzelnen Tropfen aus ihr heraustrank. Und dieses erleichternde Gefühl der sich langsam leerenden Blase erregte sie. Mit geschlossenen Augen genoss sie diese schmatzenden Geräusche hinter sich, genoss, wie Baxter sie sauber leckte und sie genoss das Stöhnen und Abspritzen des Butlers. Der hatte neben seinem Boss gestanden, den Prügel während des Geschehens gerieben und dem Ganzen fast neidisch zugesehen.

Laut stöhnend lehnte Baxter sich auf seinem Stuhl zurück und Fionas Flüssigkeiten liefen ihm das Gesicht herunter. »Eine ganz besondere Note hat unsere Kleine da.«

Die Kerle lachten.

Etwas beleidigt ließ sie sich zu einer unbedachten Äußerung herab: »Fehlt nur noch, dass du rülpst.« Sofort bedauerte sie, überhaupt etwas gesagt zu haben, denn augenblicklich griff Baxter an ihren Kitzler, zog heftig daran und ließ sie kurz seine Fingernägel spüren. Laut quietschte sie auf. Er lachte rau, als er von ihr abließ und zum Waschbecken hinüberging. Erneut lief das Wasser, doch diesmal machte es ihr nichts aus.

***

Und wieder geschah eine Zeitlang nichts. Langsam spürte Fiona ihr eigenes Gewicht auf den Rippen und das Atmen fiel ihr schwer. Mit dem geringen Spielraum, den sie zur Verfügung hatte, versuchte sie sich etwas bequemer hinzulegen, doch ihre Bemühungen hatten nur zur Folge, dass sie sich selber wieder aufgeilte. Für einen Moment schloss sie die Augen und nutzte die Gelegenheit, dass ihre Peiniger ihr einen Augenblick der Ruhe gönnen wollten. Doch schien dieser Augenblick wirklich nur kurz zu sein, denn schon bald spürte sie zwei schwere Hände auf ihrem Hintern und ihre unbedachte Kopfbewegung, um nachzuschauen wer dort stand, machte ihr schlagartig bewusst, in welch misslicher Lage sie sich doch befand. Sie röchelte diesmal nur kurz.

Die Hände auf ihrem Hintern begannen ihre Pohälften sanft zu massieren, fast bewundernd fuhren sie über das Fleisch, das sich dort zur Schau stellte. Immer wieder kreisten die Daumen des Besitzers in ihre Pospalte und sie fürchtete, dass sie schon wieder in ihre Rosette gefickt werden sollte. Der Gedanke, dass ihr Arsch irgendwann ausleiern würde, ließ sie kurz schräg grinsen. Doch nicht ihr hinteres Loch war Objekt der Begierde, die Bewegungen hatten sich verändert und spielten nun mit den Ketten, mit denen ihre Schamlippen gespreizt wurden. Fiona hatte nicht erwartet, dass das harte Material so sanft eingesetzt werden konnte. Langsam schwoll die kleine Hautpartie dort an und verbreitete ein warmes, angenehmes Gefühl in ihrem Unterleib. Willig schob sie sich diesen Händen entgegen.

Der Butler hinter ihr lächelte, als er das Ergebnis seiner Streicheleinheiten sah. Er griff sich an seinen Schwanz und führte ihn behutsam in ihre feuchte Höhle ein. Die Ketten legten sich dabei um seinen Prügel und ihm entfuhr ein langer kehliger Seufzer. Eine Hand auf ihrem Hintern, die andere an ihrem Kitzler, fuhr er weiter in sie. Jeder einzelne Stoß war von quälender Langsamkeit und unerträglicher Tiefe. Dass er einen riesigen Schwanz hatte, war ihr während der letzten Nacht schon aufgefallen, dass er aber so riesig wie das Spielzeug war, auf dem sie gestern das Vergnügen besaß, zu sitzen, hatte sie nicht gespürt. Und dass er, nachdem er schon zweimal gekommen war, immer noch so groß und fest war, ließ sie vermuten, dass beide Männer etwas genommen hatten.

Jeder Stoß von ihm schob fast ihre Innereien in eine andere Position.

Ohne es zu merken, war Baxter neben Fiona getreten. »Sie hält prima still.«

Das Grinsen in seiner Stimme konnte sie förmlich hören, und das kehlige Lachen seines Butlers bohrte sich in ihre Fotze.

»Hm, aber irgendetwas fehlt.« Fast beiläufig fickte sie der Butler, als er sich mit seinem Boss unterhielt. Seine Finger kreisten immer noch um ihren Kitzler und sie wurde fast wahnsinnig vor Geilheit, und dieser Kerl tat so, als würde er eine Puppe vögeln.

»Vielleicht sollten wir hier hinten noch etwas reinstecken.« Kaum hatte er es ausgesprochen, als Fiona seine Finger in ihrem Hintern spürte.

»Ich finde, man sollte ein solches Prachtstück nicht unbeachtet lassen.« Er zog die Finger wieder heraus. Der Butler vögelte sie immer noch wie beiläufig, während sie Baxters Schritte hörte, die sich entfernten. Eine Schublade wurde geöffnet und schnell wieder geschlossen. Schon kam er zurück und Fiona verspannte sich. Sie wollte nicht schon wieder etwas in ihrem Hintern haben, sondern einfach nur sanft gefickt werden. Aber Widerworte wollte sie auch nicht geben. Allerdings kniff sie ihr hinteres Loch so fest zu, dass der Butler im Vorderen aufstöhnte. Dafür erntete sie einen leichten Klaps auf ihren Hintern, der im Gegensatz zu dem, was sie schon hinter sich hatte, fast läppisch wirkte.

Doch ihr hinteres Loch wurde nicht sofort gefüllt, sondern Fiona hörte, wie etwas aus Plastik gequetscht wurde, was so klang, als ob jemand einer fast leeren Ketchup-Flasche den Rest entlocken wollte. Kurz darauf lief etwas ihre Spalte entlang, zähflüssig und kühl begann es innerhalb eines Atemzuges zu brennen. Nicht unangenehm, aber es brannte. Wieder spürte sie seine Finger, die ihr Loch spreizten und die Flüssigkeit in ihr verteilten. Sie riss den Kopf hoch und schrie vor Schmerzen auf.

»Wirkt immer!« Baxter lachte.

Die Finger verschwanden und der Butler zog sich kurz aus ihr zurück. Der Druck, den sie kurz darauf an ihrer Rosette spürte und den Gegenstand, der danach darin landete, ließen sie noch ein Mal schreien. Dieser Gegenstand war hart und schien kein Ende nehmen zu wollen. Langsam schob Baxter dieses Ding in ihren Hintern, immer tiefer – und immer lauter schrie sie ihren Schmerz heraus.

Baxter nickte seinem Butler zu und der schob seinen Prügel wieder in ihre Grotte. Wie um sie vom Hintern abzulenken, führte er sein Spiel auch an ihrem Kitzler fort. Der Schmerz hinten schien Fiona zerreißen zu wollen. »Nimm es raus!«, schrie sie.

Doch Baxter schob es langsam weiter. »Nein!«, kam seine Antwort hart. »Du wirst es schon noch genießen.«

Fiona versuchte den Kopf zu schütteln, aber ihr Halsband spannte und hinderte sie daran.

Und dann kam leises Brummen und sachte Vibrationen in ihrem Hintern, und elend lautes Stöhnen des Butlers, der nun nicht mehr sacht in sie fuhr, sondern seinen Stößen eine wesentlich heftigere und schnellere Note gab.

Baxter stand neben ihr, hörte ihre Schreie und beobachtete das entrückte Lächeln seines Butlers, der sich nun selbst den Rest gab und sie heftig auf ihrem Bock verschob. Fiona kreischte vor Schmerzen, aber beide Männer hörten nicht auf. Den Orgasmus des Butlers spürte sie nicht in sich und nahm auch sein kehliges Brüllen nicht wahr. Nur, dass er plötzlich aus ihr verschwand.

»Das reicht für zwei«, sagte Baxter und trieb seinen Prügel in sie. Für einen Moment hielt er in ihr still, rieb mit seinen Fingern über ihren Kitzler und genoss das Brummen an seinem Schwanz, aber auch er hielt es nicht lange aus und fickte sie wie von Sinnen. Allerdings hielt er seinen Finger über ihre Klit und rieb sie weiter. Es dauerte nicht lange, und Fiona kam und schrie. In ihrem Hintern riss es und ihre malträtierte Spalte lief über. Aber Baxter stieß immer noch in sie und diese Stöße trieben das Ding in ihrem Hintern noch tiefer hinein. Es schien kein Ende zu nehmen. Ihre Geilheit und der Orgasmus zerrissen sie. Sie wimmerte, es sollte endlich aufhören, aber nur der Schwanz aus ihrer Möse verschwand, nachdem er sie vollgespritzt hatte. Das Ding in ihrem Hintern blieb und brummte weiter vor sich hin, auch wenn sich der Butler ihrer fast erbarmte und die Vibration herunterstellte.

Fiona hing über ihrem Bock, ausgelaugt, ausgesaugt und ihre Muskeln zitterten vor Anstrengung. »Bitte«, flüsterte sie, »nehmt es endlich raus ...«

Und diesmal waren sie gnädig. Langsam verebbte die Vibration in ihrem Hintern und Fiona seufzte erleichtert auf. Ganz langsam zog Baxter ihr das Ding aus der Rosette, nahm ein Tuch und wischte es sauber. Dann trat er vor sie, und sie erschrak.

»*DAS* war in meinem Arsch?«

Er nickte lachend. Fast bewundernd fuhr er langsam über das riesige fleischfarbene Teil, dass einem Schwanz nachempfunden war. »Dreißig wundervolle Zentimeter lang und einen erregenden Durchmesser von sechs Zentimetern« Er amüsierte sich anscheinend köstlich über ihr Entsetzen.

»Was war das? Metall?«, fragte sie ängstlich.

»Kein Metall«, sagte er, sah sie dabei aber nicht an. »Ein spezielles Material, das sich nur im ersten Moment so anfühlt.«

Er wusste, er hatte die eigentliche Frage, die sie sich nicht traute zu stellen, nicht beantwortet. »Kennst du das, wenn man beim Orthopäden Reizstrom für seine Gelenke bekommt?«

Sie nickte so sacht, wie es ihr mit dem Halsband möglich war.

»Das war etwas Ähnliches ...« Er machte eine kleine Pause,

ehe er fortfuhr: »Allerdings nicht ganz so stark, wie man das an den Gelenken für gewöhnlich macht.« Er stand auf und küsste sie in ihren Nacken. »Wir wollen doch unser Spielzeug nicht ganz in Stücke zerfetzen.«

Sie wusste nicht, ob er sie oder das eigenartige Ding in ihrem Hintern meinte.

Sämtliche Glieder taten ihr weh. Die Arme schmerzten, die Beine fühlten sich an, als ob man ihnen noch ein paar Zentimeter Körperlänge entlockt hatte, ihr Rücken peinigte sie wie nach einem stundenlangen Ritt auf einem richtigen Pferd, ihr Hintern brannte, und die Wichse der zwei Kerle lief ihr in Strömen aus der Möse. Es fühlte sich ekelhaft an. Alles in allem hatte sie sicherlich schon bessere Zeiten erlebt. Obendrein war sie noch entsetzlich erschöpft und glaubte nicht, dass sie auch nur eine halbe Stunde weiterer Tortour durchhalten würde, ohne zu sterben.

Fiona hing ihren Gedanken nach und bemerkte die Stille im Raum erst, als ihr eigener Atem anfing lauter als ihr Herzschlag zu werden. Sie war allein. Diese Mistkerle hatten sie um den Verstand gefickt und sie dann hier hängen lassen. Insgesamt hatte sie sich ihre Partie etwas anders vorgestellt, als sie denn tatsächlich war.

So schloss sie die Augen. Es waren die einzigen Körperteile, die sie noch ohne fremde Hilfe bewegen konnte, dachte sie sarkastisch. Die Müdigkeit in ihrem Körper stieg mehr und mehr an. Fiona versuchte ihren Kopf so zu legen, dass das Halsband ihr nicht die Luft abschnürte. Keine besonders gute Position sich auszuruhen, aber anscheinend wollten die beiden sie hier versauern lassen.

Langsam entspannte sich auch ihr Geist und sie war wieder fähig, einen klaren Gedanken zu fassen. Reue und Scham überkamen sie. Was tat sie hier? Sie stellte ihren Körper freiwillig für eine solche Pein zur Verfügung. Wie konnte dies ein rational denkender Mensch tun? Wie konnte sie an dem, was diese Tiere mit ihr anstellten, Gefallen finden? Die Grausamkeiten der letzten Stunden kamen ihr ins Gedächtnis. Und entgegen ihrer Feststellung, ein rational denkender Mensch zu sein, der so etwas einfach nicht tut, spürte sie, wie ihre Schamlippen wieder anschwollen, wie sich in ihrem Unterleib dieses leise und sachte Summen der Erregung wieder ausbreitete. Das konnte doch nicht wahr sein! Was ging hier mit ihr vor? Wo waren die zärtlichen Gefühle hin, die sie für einen Orgasmus brauchte? Die zarten Küsse, das sanfte Streicheln gewisser Stellen? Wo war ihr normales Leben hin?

Ihr Geist trennte sich für einen Moment von ihrem Körper und sie sah sich selbst dabei zu, wie sie auf diesem Bock lag, die unzähligen Striemen auf ihren Schenkeln zählte und die Wunden an ihren Handgelenken leckte. Und all das machte sie geil. Tränen der schieren Verzweiflung liefen ihr die Wangen herunter, ihren Hals entlang und verschwanden unter dem Halsband.

»Na, wer wird denn?«, sprach Baxter ihr sanft und ein wenig spöttisch zu. Seine Hand fuhr in ihren Nacken und löste dort den Verschluss des Lederbandes. Sofort verschwand das Spannen in ihrem Rücken. Gleichzeitig wurden die Fesseln an ihren Füssen gelöst und der Schmerz der Anspannung dort wich einer gewissen Leichtigkeit. Die Kette in ihrem Rücken rasselte und wurde entfernt. Zuletzt nahmen sie ihr die Fesseln an den Händen ab. Langsam rutschte sie rittlings von dem Bock herunter, während sie vermied, die Schmerzen durch die Kette zwischen ihren Beinen zu registrieren. Sie waren einfach nicht da.

Fionas Beine konnten ihr Gewicht nicht tragen, doch bevor sie zusammensacken konnte, fing Baxter sie auf und trug sie hinüber in das andere Zimmer mit dem großen Bett. Dort öffnete er ihr die Korsage im Rücken, löste die Kettchen und der Butler entfernte die Schräubchen von ihren Nippeln und ihrer Klit.

Von all dem bekam Fiona kaum etwas mit. Die Männer versorgten sie mit dem Nötigsten und deckten sie zu. Doch anstatt den Raum zu verlassen, legten sich die Männer zu ihr. Der eine rechts, der andere links von ihr. Sie schützten ihren Körper mit ihren eigenen, wärmten Fiona und hielten die Frau, die sie Stunden zuvor noch gepeinigt hatten.

***

Fiona schlief ein paar Stunden tief und fest. Geweckt wurde sie durch ein sanftes Gefühl, dass sich anfühlte wie zarte Küsse. Sie rekelte sich zwischen den warmen Körpern.

»Geht's dir besser?«, flüsterte Baxter an ihr Ohr.

Sie nickte sacht.

Er legte ihr einen Finger unter das Kinn, hob es sanft an und küsste sie zärtlich auf die Lippen, schickte seine warme, feuchte Zunge in ihrem Mund auf zärtliche Entdeckungstour. In ihrem Rücken regte sich ein weiterer warmer Körper und rieb sich an ihr. Leises Keuchen drang an Fionas Ohr. Sie spürte Hände, die über ihren Körper fuhren, ihn massierten und gleichzeitig die fast vergessene Erregung wieder entfachten. Zwei Kerle, die bewundernd über den von ihnen misshandelten Körper fuhren und zwei Schwänze, die sich ihr entgegenstreckten.

Baxter ließ seine Lippen über ihren Hals wandern und seine Hände glitten unter ihren Körper. Er dirigierte ihren Körper über den seinen und als sie auf ihm lag, fuhren seine Hände hinunter und spreizten ihre Beine. Fiona war noch zu verschlafen und ließ sich von ihm führen. Langsam rappelte sie sich hoch, und in dieser Bewegung nahm sie seinen Schwanz in sich auf. Sie beugte sich zurück und ihren langen Seufzer quittierte Baxter mit einem Lächeln. Er griff nach ihren Brüsten und begann sie im Rhythmus ihrer Bewegungen auf seinem Schwanz zu massieren.

Baxter beobachtete ihre entrückten Gesichtszüge während ihrer Bewegungen und nickte seinem Butler, der bisher nur zugesehen hatte, zu. Dieser erhob sich, ging zwischen den Beinen seines Chefs in Position, übernahm dort die Massage ihrer Titten und sah Fiona dabei zu, wie sie Baxter langsam fickte.

Irgendwann fuhren seine Hände hinunter zu ihren Hüften und drückten sie behutsam nach vorn. Nun lag sie fast auf Baxter und der Butler konnte sich mit ihrem Hintern beschäftigen. Ihr Arsch präsentierte sich ihm in seiner ganzen Pracht. Langsam strich er ihre Pospalte entlang und verteilte die Feuchtigkeit aus ihrer Möse darüber. Der große Schwanz seines Chefs in dieser kleinen, rasierten Fotze war ein Bild, an dem er sich noch zusätzlich aufgeilen konnte. Die dicke Ader unter dem Schwanz seines Bosses pulsierte, und die ebenfalls rasierten Eier des Besitzers hatten sich zusammengezogen und sammelten ihren Saft für den Orgasmus.

Der Butler rückte etwas näher und sein steifer Prügel stieß an ihre Rosette. Fiona stöhnte und hielt für einen Moment in ihren Bewegungen auf Baxter inne. Der Butler drang sanft in sie. Langsam dehnte er ihren Hintern, zog sich immer wieder kurz zurück, um dann beim nächsten Mal tiefer in sie zu fahren. Baxter hielt Fiona in dieser Position. Sie sollte sich nicht zu früh wieder aufrichten, denn er wollte die Massage seines Schwanzes in Fiona durch den Butler von hinten und durch ihre Titten auf ihm genießen.

Doch irgendwann wollte sie nicht mehr auf ihm stillhalten. Von daher richtete sie sich auf und stieß sich den Schwanz des Butlers noch tiefer in ihren Hintern. Der Kerl hinter ihr griff an ihre Titten, der Kerl unter ihr begann ihren Kitzler mit dem Handballen zu massieren. Langsam kreiste sie auf Baxter und der Butler folgte in ihren Bewegungen.

Drei Menschen stöhnten und ächzten auf ihre Weise in diesem Bett und brachten sich gegenseitig der Erlösung näher. Fionas Stöhnen wurde lauter. Nie hätte sie erwartet, dass sie sich so wohl fühlen würde, durch zwei Männer auf diese Art gefickt zu werden. Sie ließ die beiden ihre Muskeln spüren und lächelte über deren lautstarke Reaktion. Jetzt wurde ihr bewusst, dass sie die Macht besaß, über den Orgasmus der beiden zu bestimmen. Es lag an ihr, wann die Männer kommen würden, und sie genoss diese Macht. Von Baxter ließ sie sich ihren Lusthügel massieren und gönnte sich einen kleinen Orgasmus, den die Kerle nicht mitbekamen.

Diesmal wurden die Männer gefickt, nicht umgekehrt, und Fiona grinste innerlich. Sie bestimmte das Tempo und sie bestimmte, wann sie kommen wollte, und tat es. Es war ihr herzlich egal, wie weit die beiden waren. Sie war es, und sie fickte die Männer!

Der Butler hatte Mühe, seinen Schwanz in ihrem Hintern zu halten und Baxter schrie immer wieder schmerzhaft auf, wenn sie seinen Schwanz verbog. Sie lachte über die beiden und Fionas Bewegungen wurden immer heftiger. Ihre Titten wippten in ihrem Rhythmus und die Möse brannte vor Geilheit.

Irgendwann hatte Fiona genug, ließ sich in das Gefühl fallen, von beiden Seiten ausgefüllt zu sein, und kam. Und wie! Keine Peitschenhiebe und keine Kettchen zwischen den Beinen konnten diesem Orgasmus etwas entgegensetzen. Vollkommen erstaunt beeilten sich die Männer unter und hinter ihr mitzuhalten. Doch Fiona wusste, dieses Mal war das Vergnügen, trotz der Tatsache, dass die beiden lauthals abspritzen, mehr auf ihrer Seite.

Fiona entließ den Butler aus ihrem Hintern, nicht ohne diesen noch ein Mal schmerzlich mit ihrem Schließmuskel gekniffen zu haben. Auch Baxter entkam ihrer überlaufenden Möse nicht, ohne nicht noch mal schmerzhaft verbogen zu werden. Mit einem lauten und zufriedenen Seufzer rutschte sie von Baxter herunter und legte sich neben ihn. Der Butler folgte mit einem respektvollen Grinsen.

»Sie lernt schnell«, stieß er hervor.

Und Baxter antwortete mit einem Lachen.

II. Teil

Fiona blieb. Sie blieb bei Baxter und stellte sein Leben vollkommen auf den Kopf. Es war keine direkte Absprache zwischen ihr und ihm, sie blieb einfach. Aus dem Wochenende wurde eine Woche, dann ein Monat, bald ein Jahr. Beide genossen sich und meist genossen sie sich zu dritt. Es war wunderbar. Fiona hatte wirklich schnell gelernt, wozu ihr Körper fähig war und sie forderte viel von Baxter und seinem Freund. Fiona und Baxter glichen sich in ihren Gedanken, in ihrem Tun. Es war eine Freude, ihr bei den Spielen zuzusehen und es war wunderbar, nur Zuschauer zu sein, wenn sie sich Harold, den Butler, als Spielzeug gönnte. Fiona wurde sich ihres Körpers, ihrer Leidenschaft und ihrer Fähigkeit, ihr vermeintliches Leiden in Lust zu wandeln, immer mehr bewusst.

So war Baxter nicht sonderlich erstaunt, dass Fiona ihm an einem düsteren und stürmigen Wintermorgen verkündete, dass sie ihren alten Job in der Redaktion aufgeben würde, um sich voll und ganz um das Anwesen und, wie sie mit einem Augenzwinkern hinzufügte, um ihn zu kümmern. Sie hatte bereits viele Aufgaben im Büro übernommen, aber auch im Außenbereich machte sie sich nützlich. So hatte sie es auf sich genommen, den großen Garten in seinen ursprünglichen, viktorianischen Zustand zurückzuversetzen. Baxter musste zu seiner Schande gestehen, dass er diesen Hort der Ruhe zwar regelmäßig durch Gärtner stutzen ließ, jedoch jeder Gärtner diesem Garten seinen eigenen Stempel aufdrückte. So war diese Grünoase zu einem Sammelsurium verschiedener Stile verkommen und für Fiona eine Sünde und Schande. Baxter bewunderte ihre Kraft und Energie, diesen Garten wieder in seinen Ursprung zurückzuversetzen. Kannte er Fee, wie sie mittlerweile von allen genannt wurde, als sanftes, neugieriges, aber in ihrer Ruhe äußerst leises Wesen, so musste Baxter erstaunt feststellen, dass diese Frau durchaus auch anders konnte.

Zunächst unterband sie eine kleine Revolution der Gärtner, die sich nicht damit abfinden wollten, nun jemanden zu haben, der ihnen in ihr vermeintliches Handwerk pfuschte. Mit ihrer leisen, doch sehr bestimmten Art, lenkte sie die Arbeiten in die Wege, die sie für richtig hielt und noch vor dem Frühling konnte man ahnen, wie schön dieser Park einst gewesen war und wie er wieder werden würde.

***

Sie waren ein perfektes Dreigestirn. Waren Harold und Baxter bereits ein eingespieltes Team, wenn es darum ging, neue Abenteuer zu bestehen, trat Fee sehr vorsichtig in ihre neue Welt ein. Es brauchte kein mündliches Einverständnis ihrerseits, dass sie sich an der Suche nach neuen Frauen beteiligte, denn sie verstand, worum es Baxter ging und sie zwang ihn nicht, seine Passion ihretwegen aufzugeben. Vorsichtig lebte sie ihre Neugier aus und so kam es, dass sie irgendwann ihre Vorliebe für weibliche Partnerinnen entdeckte, die ihr zu Diensten standen.

Baxter freute sich darüber, dass Fee ihre in dieser Beziehung dominante Seite entdeckte und dass sie es augenscheinlich genoss, sich von Frauen befriedigen zu lassen. Selbstverständlich wollte Baxter nicht verhehlen, dass auch Harold und er ihren

Spaß an diesen Darbietungen hatten. Es war ein Genuss!

Die Beziehung zu Fee und Baxter festigte sich auf eine Art, die er noch Wochen zuvor kaum für möglich gehalten hätte. Sie waren sich nicht nur über ihre sexuelle Richtung einig oder darüber, dass sie berufliche Pflichten übernahm, sondern es fanden sich ihre Seelen.

Für Baxter, als eingefleischten Junggesellen, einfach unglaublich! Es gab nur eine logische Schlussfolgerung aus diesen Ereignissen. Und wie bei seiner Entjungferung, war er auch hier sehr nervös und … beinahe verklemmt. Baxter entschied sich, Fee vor vollendete Tatsachen zu stellen und lud sie, samt Harold, eines Morgens in den Wagen und fuhr beide hinüber in die Stadt. Vor dem Stadtamt hielt er an und wischte sich die vor Aufregung feuchten Hände wie ein Schuljunge an der Hose ab. Erst vor dem Standesbeamten fand er den Mut sie zu fragen, ob sie ihn heiraten wollte. Es gab nur zwei Möglichkeiten: Entweder sie würde Baxter erbost einen Vollidioten nennen und ihm die Leviten lesen, oder sie wäre so überrumpelt, dass ihr nichts anderes übrigblieb, als ihn zu heiraten.

Nun, sie nannte ihn einen Vollidioten, heiratete ihn aber trotzdem!

***

Sie teilten sich nun in ihrem »offiziellen Leben« auf. Fee übernahm die Umgestaltung des Anwesens und den entsprechenden Bürokram, Harold oblag es, sich auch weiterhin um das Haus an sich und das Wohl der Bewohner zu kümmern, und Baxters Wenigkeit befasste sich damit, dass die finanziellen Dinge geregelt wurden. Seine Firmen, die er von seinem Bruder übernommen hatte, liefen hervorragend und so konnte er es sich leisten, einige Prokuristen einzustellen, die ihm den größten Teil der Arbeit abnahmen. Die Zentrale ihres kleinen

Familienunternehmens war natürlich das Anwesen vor den Toren der Stadt.

Auch wenn Baxter glücklich und zufrieden mit dem war, was er hatte, so gönnte er sich ab und an einen Moment der Einsamkeit. In Fees Garten gab es einen kleinen See, der von Schilf umsäumt und an einer Stelle mit einer alten Trauerweide gekrönt war. Ein himmlischer kleiner Ort, an dem Baxter sich für gewöhnlich in diesen Tagen des frühen Morgens im herunterhängenden Geäst der Weide versteckte, damit er seinen Gedanken nachhängen konnte. Er sah dem Geäst der Weide dabei zu, wie es vom sachten Frühlingswind verweht wurde und sich scheinbar ineinander verknotete, um sich dann im nächsten Moment mit der vom Material vorgegebenen Leichtigkeit wieder zu lösen. Ihm stieg der Duft des kleinen Weihers in die Nase, der sich mit den ersten Frühlingsdüften vermischte. Und in diesen Momenten vollbrachte seine sexuelle Intelligenz wahre Luftsprünge.

***

Während der letzten Monate hatte sich viel getan, Baxters Leben war nicht mehr so, wie er es kannte und es gefiel ihm. Aber seine, oder besser ihrer dreier Neugier, war geblieben. Die drei hatten eine gemeinsame Basis gefunden, die ihnen eine gewisse Sicherheit gab und von der aus sie weiter operieren konnten. Ihre Spiele erweiterten sie auch weiterhin mit gelegentlichem Zuwachs an Gespielinnen, und es war ein Hochgenuss. Bis zu diesem Zeitpunkt waren die drei nicht wirklich auf der Suche.

Baxters Heirat mit Fee war noch nicht bis in die oberen Kreise der besseren Gesellschaft durchgedrungen und sie machten sich den Spaß daraus, die potentiellen Schwiegermütter in ihrem Irrglauben zu belassen, Baxter wäre immer noch ein guter Fang. Aber meist findet man etwas, wenn man gar nicht danach sucht.

So ein Fall war Kay Jones. Ein zartes, wundervolles Wesen mit hoher Intelligenz. Sie begegnete Baxter auf einer dieser gesellschaftlichen Events, auf denen ihm seine »zukünftige Mrs Baxter« schmackhaft gemacht werden sollte.

KAY

Das hatte sie nun davon. Hier lag sie, an den Händen und Füssen gefesselt und mit einem Knebel im Mund. Kay Jones seufzte. Irgendwie hatte sie sich ihren Samstagabend anders vorgestellt. Zugegeben, anfangs fand sie den Gedanken an die ledernen und mit Nieten besetzten Handfesseln äußerst amüsant. Doch wenn sie über ihre Position auf dieser riesigen Spielwiese, die Baxter Bett genannt hatte, nun nachdachte, war sie weder amüsant noch sonderlich bequem. Zu den Handfesseln, die mit einer Kette an diesem Bett befestigt waren, sodass sie auf ihre Unterarme gestützt mit dem Gesicht zur Wand kauern musste, gesellten sich Fußfesseln aus dem gleichen Material, die auf der gegenüberliegenden Seite des Bettes befestig waren. Der Nacken tat ihr weh. Langsam begannen ihre Hände zu kribbeln und drohten vollends einzuschlafen. Es juckte sie an der Nase und sie konnte den Kopf kaum bewegen. Ihre Hände konnte sie nicht nutzen, um der Pein des Juckens ein Ende zu bereiten, und dieses grausig penetrante Zwicken an ihrer Nase verstärkte sich proportional zu ihrer beginnenden Verzweiflung über ihre Situation.

Um Kays Hals lag ein breites Lederhalsband, an dessen Vorderseite ein großer metallener Ring eingearbeitet war. Durch diesen Ring hatte Baxter eine weitere Gliederkette geführt, die sich mit den entsprechenden Ringen an ihren Handfesseln traf und dort fixiert wurde. Dies machte es ihr unmöglich, den Kopf zu bewegen. Ihr Nacken zeigte erste Anzeichen dafür, dass er sich in den nächsten Minuten fürchterlich versteifen würde.

Kay versuchte sich ein Bild von ihrer absolut lächerlichen Position zu machen, indem sie es wagte, ihren Kopf zu drehen. Außer einem kurzen, stechenden Schmerz war ihr Versuch nicht besonders erfolgreich. So musste sie sich auf ihre Fantasie verlassen, und das Ergebnis gab sie der Lächerlichkeit preis. Sie kniete auf diesem Bett. Unter normalen Umständen war das keine schlechte Position für ein Sexabenteuer, doch das hier war einfach nur unbequem und indiskutabel.

Ihr Hintern reckte sich in die Höhe. Ihre Beine wurden durch die Position der Fesseln an ihren Füßen gespreizt, und als ob dies nicht schon unbehaglich genug wäre, lag in ihren Kniekehlen ein langer Bambusstab, welcher mit einem Seil an ihren Schienbeinen und den Oberschenkeln so festgeschnürt war, dass er ihr fast das Blut abdrückte. Ihre nackten Füße staken in die Luft, und auch hier begann das Kribbeln, welches Kay signalisierte, dass es mit der Durchblutung nicht mehr lange gutgehen würde. Kay fand, ihre Lage und Position hatte starke Ähnlichkeit mit den sterblichen Überresten eines zerquetschten Frosches.

Wieder schimpfte sie sich in Gedanken selber aus. Wie konnte sie nur so blöd sein und sich diesem Kerl förmlich an den Hals werfen?! Zugegeben, Alan Baxter sah nicht schlecht aus. Im Gegensatz zu den anderen Anwesenden bei dieser Dinnerparty, sogar sehr gut – und vor allem: lebendig. Der Rest der Gesellschaft hatte das Renten- und Pensionsalter längst überschritten. Nur sie, Kay, Alan Baxter und eine Nichte des Hauses, rissen den Altersdurchschnitt des Empfangs in den Bereich der am Leben aktiv Beteiligten.

Baxter war modisch und insbesondere teuer gekleidet. Seine Hände sahen aus, als ob sie heute noch eine gute Maniküre genossen hatten. Und dies nicht nur heute! Selten hatte Kay bei einem Mann solch gepflegte Hände gesehen. Ihr hatten seine kühle, fast arrogante Art gefallen, mit welcher er die anderen Gäste bedacht hatte. Beiläufig hatte sie seine Gespräche verfolgt und sich an manchen Stellen das Lachen arg verkneifen müssen. Im Gegensatz zu Baxters Gesprächspartnern konnte Kay genau erkennen, wann er höflichen Sarkasmus anbrachte und wann nicht. Brachen die Gäste fast in Hochrufe aus, wenn er sich in Höflichkeiten verging, ahnte Kay, wie er es wirklich meinte und amüsierte sich königlich.

Ab und an schielte Baxter auch zu ihr hinüber, wenn er wieder eine seiner kleinen, versteckten Gemeinheiten anbrachte und ihr wurde bewusst, dass er einige seiner Bemerkungen nur für sie inszenierte.

Sobald der Kreis der Gäste sich nach dem üppigen Essen erhob und in einen der angrenzenden Wohnräume hinüberging, war Baxter in ihrer unmittelbaren Nähe und sie fühlte sich durch sein offensichtliches Interesse geschmeichelt. Nachdem der offizielle Teil mit einer gegenseitigen Vorstellung durch die Dame des Hauses erledigt worden war, einer entsetzlich langweiligen Mittfünfzigerin, entwickelte sich sehr schnell ein angeregtes Gespräch zwischen Kay und Baxter, in dessen Verlauf er auf ihrer persönlichen Sympathieskala dauerhaft stieg. Sie betrieben Smalltalk auf höchstem Niveau und Kay ließ sich von seinem Charme, den er nur bei ihr versprühte, einnehmen.

Nach ein paar Drinks, dachte sie bei sich, *wird er mir wohl seine Telefonnummer aufdrängen.* Dass ihr Abend so enden würde, nein ... auf die Idee wäre sie *niemals* gekommen!

***

Baxter überschüttete Kay nicht gerade mit Komplimenten, so wie man es von einem Gentleman erwarten konnte, aber seine Blicke und seine Wortwahl sprachen Bände. Und als der Abend sich dem Ende zuneigte, war sie fast enttäuscht, als er außer ihr noch eine Dame in seinem Wagen chauffieren wollte. Die Fahrt über sprachen sie kein Wort miteinander, ihre weibliche Begleitung verhinderte dies mit einigen gewaltigen Wortschwallen über das Essen, die Gäste und die schlechten Drinks. Kay empfand die Anwesenheit der anderen als störend, hatte sich doch während des Abends eine gewisse Vertrautheit zwischen ihr und Baxter gezeigt.

Umso erfreuter reagierte Kay, als sie feststellte, dass der Fahrer der Limousine einen Umweg durch die ganze Stadt fuhr, um zunächst ihr Anhängsel abzusetzen. Höflich, aber bestimmt, begleitete der Butler, gleichzeitig auch der Fahrer für den heutigen Abend, die Dame aus dem Wagen hinüber zur Tür. Etwas angesäuert verabschiedete sie sich und Kay vermutete, dass diese sich ein wenig mehr von dem Abend erhofft hatte und sie es im Gegenzug genauso störend empfand, dass Kay im Fond des Wagens saß.

Kaum hatte der Butler die Tür des Wagens geschlossen, atmete Baxter erleichtert aus.

»Endlich«, grinste er, »ich dachte schon, die hört nie auf zu reden.«

Kay lachte leise. »Sie werden doch wohl von ihrer guten Bekannten nicht schlecht reden wollen?«, fragte sie mit einem amüsierten, aber doch tadelnden Unterton.

»Gute Bekannte?« Er räusperte sich. »Ich hatte ein oder zwei Mal das mehr als zweifelhafte Vergnügen, der Tischherr dieser Person zu sein.« Er sah aus dem Fenster des Wagens. »Und jedes Mal konnte ich am nächsten Tag vernehmen, was ich wohl für ein fürchterlicher und schlechter Begleiter war.« Er nickte kurz bedauernd und zuckte affektiert mit den Schultern.

Kay grinste. »Aber da war doch eindeutig Interesse auf Seiten der Lady zu spüren.«

Verächtlich lachte Baxter und sein Blick ging für einen Moment ins Leere. »Interesse für meine Konten.« Er seufzte theatralisch und Kay lachte leise.

***

»Darf ich Sie zu einem Umtrunk einladen?« Baxter sah sie fast bettelnd an, und Kay spürte, wie ihr Herz einen Luftsprung machte. Dass er so schnell anbeißen würde, hätte sie nicht erwartet und sie nickte zustimmend. Baxter beugte sich nach vorn und gab dem Butler kurz Anweisung, woraufhin dieser kaum merklich nickte und sofort losfuhr.

»Ich habe nur ein bescheidenes Haus hier in der Stadt«, nahm Baxter ihre Unterhaltung wieder auf. »Ich hoffe, Sie werden nicht allzu enttäuscht sein.« Er lächelte sie an.

Schlagartig wurde es Kay heiß. Dieser Blick versprach einiges und sie hatte das Gefühl, als würde sie bereits nackt vor ihm sitzen. Verlegen wandte sie den Kopf und sah hinaus auf die Straßen, die an ihnen in der Dunkelheit vorbeizogen. Ab und an wurde das Geschehen vor den Fenstern durch eine kurz auftauchende Straßenlaterne erhellt, doch Kay war mit ihren Gedanken bereits einen Schritt weiter. Sie nahm die Menschen, welche dort durch die späte Frühlingsnacht huschten und ihren Vergnügungen nachgingen, nicht wahr. Genau genommen nahm sie nichts wahr und gab sich einer sehr intensiven Träumerei über den weiteren Verlauf dieses Abends hin.

So entgingen ihr auch Baxters Blicke, die er ihr aus der Dunkelheit herüberschickte. Entspannt saß er ihr gegenüber in Fahrtrichtung, während sie den Platz noch nicht getauscht hatte und mit dem Rücken zum Fahrer saß. Mit einer eleganten, fast beiläufigen Handbewegung, hatte Baxter seinen Arm aufgestützt, und nun lag ein Finger an seinem Kinn. Nachdenklich beobachtete er Kay, entsandte seine Blicke auf eine aufregende Reise über ihren Körper. Langes, fast pechschwarzes Haar, welches sie zu einem schlichten Zopf gebunden hatte, dessen Ende nun in einem eleganten Schwung an ihrem langen Hals entlangzugleiten schien, um dann auf ihrer Schulter seine ganz Pracht zu entfalten. Fasziniert sah er auf die zarten Gesichtszüge der jungen Frau, die mit verträumtem Blick in die dunkle Stadt hinaussah. Wunderschön geschwungene Augenbrauen krönten tiefbraune Augen, die von einem dichten, fast schwarzen Wimpernkranz geschützt wurden. Senkte sie ihren Blick, schien es, als schliefe sie. Baxter beglückwünschte sich zu seiner Eroberung.

Seine Augen setzten ihre Reise fort. Kays Pferdeschwanz endete in ihrem nicht allzu üppigen Dekolleté, welches ihm schon beim Dinner samtene Aussichten geschenkt und seine Fantasie beflügelt hatte. Ihr zart geblümtes Kleid umspielte eine zarte Taille und in der Länge endete es kurz über ihren Knien. Italienische Länge nannte man dies wohl. Der Name des Modestils war Baxter ziemlich egal. Egal war ihm jedoch nicht, was unter dem Saum des Kleides zum Vorschein kam. Wunderschön geformte Beine auf angemessen hohen Schuhen, welche der Trägerin eine elegante Erscheinung verlieh.

***

Kay bekam von seiner Beobachtung nichts mit. Sie war in Gedanken gerade damit beschäftigt, ihm das Hemd aufzuknöpfen, als das Fahrzeug sich verlangsamte. Sie nahm die Umgebung bewusst wahr und stellte fest, dass ihr die Gegend bekannt vorkam. Und dann erkannte sie den kleinen Lebensmittelladen, in dem sie für gewöhnlich ihre Sandwichs für die Mittagspause kaufte. Sie waren in Nottinghill, diesem kleinen Stadtteil Londons, welcher in den letzten Jahren die Prominenz und die Reichen der Stadt mit seinem Charme in Massen angezogen hatte. Die kleinen, schmalen Häuser in dieser Gegend vermittelten den Eindruck viktorianischer Strenge. Kay liebte es, während sie ihr Sandwich zu sich nahm, hier spazieren zu gehen. Sie wusste, dass die Häuser teilweise von außen ziemlich ramponiert aussahen und an vielen der Zahn der Zeit genagt hatte, aber im Inneren der Häuser waren sie liebevoll restauriert. An einem Frühlingstag in dieser Straße entlang zu laufen, sich in dem kleinen Park eine Verschnaufpause zu gönnen, gehörte für sie zu den kleinen Freuden ihres Alltags.

Oft hatte sie sich vorgestellt, wie es wäre, einmal hinter eine dieser schweren Holztüren zu schauen und sich vom Inneren der Häuser verzaubern zu lassen. Ihr Herz machte einen kleinen Sprung, denn dass sie wirklich die Gelegenheit bekommen sollte, hätte sie am heutigen Abend nicht erwartet.

Kay schenkte Baxter ein erfreutes Lächeln. Der Wagen fuhr in eine Auffahrt genau gegenüber ihrer Lieblingsbank in dem kleinen Park. Zufälle gab es, Kay konnte es kaum fassen! Der Fahrer stoppte den Wagen, Baxter rückte sich zurecht, reichte ihr eine Hand und half beim Aussteigen.

»Nun«, Baxter war vor einem cremefarbenen Haus stehengeblieben, von dem Kay wusste, dass dies erst vor kurzem restauriert worden war, »es ist nicht wirklich groß, aber ich bin selten in der Stadt, da reicht es vollkommen.«

Kay betrachtete das Haus. »Ich finde es hinreißend«, sagte sie mit verträumtem Unterton.

Baxter lächelte. »Gut ... Dann wollen wir mal.« Er legte ihr eine Hand unter den Arm und führte sie eine kleine Treppe hinauf. Der Fahrer, oder vielmehr ab jetzt der Butler, hatte bereits die Tür geöffnet und Licht im schmalen Flur gemacht, sodass Kay etwas von der Einrichtung erkennen konnte. Im kleinen Eingangsbereich waren einige dunkle und schwere Möbelstücke so drapiert, dass es gerade einladend genug wirkte, den Besucher neugierig auf den Rest des Hauses zu machen.

Baxter führte sie hinein und schloss die Tür hinter ihnen.

»Wenn Sie erlauben ...« Er machte einen affektierten Diener.

Kay schmunzelte.

»... dann werde ich vorausgehen.« Damit ging er an ihr vorbei durch einen Gang in ein kleines Arbeitszimmer.

»Sie müssen entschuldigen«, er wirkte etwas verlegen, »aber obwohl ich die Innenarchitektin gut bezahle, viel zu gut, nebenbei bemerkt, kommt die Dame nicht mit ihrer Arbeit hinterher. Und aus diesem Grunde ist das Wohnzimmer noch nicht wirklich begehbar.«

Kay schüttelte sacht ihren Kopf. Baxter war zu einer kleinen Anrichte gegangen, auf der diverse Flaschen teurer Alkoholika standen. Innerlich pfiff Kay vor Erstaunen. Dort stand ein kleines Vermögen. Keine der Flaschen dort war im Laden unter hundert Pfund zu bekommen. Beeindruckend. Sie lächelte ihren Gastgeber kurz an, als dieser zu ihr zurückkam und ein edles Glas mit rotem Wein reichte.

»Bitte.« Er zog ihr einen der Sessel heran und sagte: »Nehmen Sie doch Platz.« Er selber setzte sich ihr gegenüber hin, und zwar so, dass er nur eine Handlänge von ihr entfernt war. Kay registrierte dies mit einem Lächeln. Schien, dass er gleich zu Sache kommen wollte. Baxter nippte an seinem Glas und wandte sich dann zur Seite, um es abzustellen.

»Dass der Abend so interessant werden würde«, sprach er lächelnd weiter, »hätte ich bei dieser Gruftieveranstaltung gar nicht erwartet.« Während er das sagte, lagen seine Hände auf ihren Knien und Kay genoss deren Wärme, die sie ausstrahlten. Langsam spreizten sich seine Finger und fuhren sanft an ihrem Knie entlang und zogen die Formen nach. Kay beobachtete ihn dabei und ab und an nippte sie an ihrem Glas. Bedächtig fuhr er mit seinen Finger unter den Saum ihres Kleides, sacht und doch fordernd, und Kay spürte, wie stark sie auf seine Berührungen reagierte.

Baxter schmunzelte, als er ihr Kleid über den Beinen anhob und neugierig darunterschielte. Kay öffnete ihre Schenkel etwas, damit er das, was er dort vorfand, besser begutachten konnte. Grinsend zog er eine Augenbraue hoch und Kay verschluckte sich lachend an ihrem Drink, während sie nickte.

Wohlig duftende Feuchte begrüßte ihn. Langsam strich er an der zarten Rasur entlang, wobei er Kay einen wohligen Seufzer entlockte.

»Ich denke«, raunte er, »wir werden heute viel Spaß miteinander haben.« Damit ließ er den Saum des Kleides fallen und begann sich von dort, wo seine Hände lagen, mit den Knöpfen zu beschäftigen. Schritt für Schritt arbeitete er sich vor, und Kay wurde unruhig. Jede Öffnung eines der Knöpfe wurde mit einer Extraeinlage seiner Hände unterstrichen. Immer wieder fuhr er unter den Stoff, um sich eingehend mit dem zu befassen, was er an zarter Haut dort fand. Unendliche Minuten später, in denen Kay fast den Verstand verloren und Mühe hatte, sich an ihrem Glas festzuhalten, erreichte Baxter den letzten Knopf und legte ihre Brüste frei. Er ging vor ihr auf die Knie und wie ein neugieriges Kind begann er die Formen ihres Busens nachzuzeichnen.

Kay trug keinen BH, und Baxter freute sich über den Anblick, den ihm ihre Brüste boten. Er hob die Hände und griff nach ihnen, begann sie sacht zu massieren. Von oben beobachtete Kay ihn und genoss seine Hände auf ihrem Körper. Kaum zu glauben, dass es hier und heute so schnell gehen würde. Ihre Nippel richteten sich unter seinen Berührungen auf und wurden hart. Baxter rutschte noch etwas näher an sie heran und sein warmer Atem auf ihrer Haut ließ sie seufzen. Kurz bevor seine Lippen ihre Nippel erreichten, leckte er gierig darüber. Leicht öffnete er seinen Mund und umschloss ihre harten Knospen. Seine Lippen lagen warm und feucht darum. Dieses Gefühl ging Kay durch alle Glieder. Sie schwankte und hielt sich an seinen Schultern fest. Baxter wurde noch forscher. Zunächst ganz sacht, doch mit jeder Sekunde heftiger, und ließ sie seine Zähne spüren. Kay quiekte kurz, doch als er sie heftig in ihre Nippel biss, hielt sie sich nicht zurück und stöhnte gequält auf.

Er schmatzte an ihren Brüsten und seine Hände massierten ihre Pohälften so wild, dass sie fürchtete, schon jetzt hier im Stehen in seinem Arbeitszimmer zu kommen. So etwas hatte sie noch nicht erlebt. Oder vielmehr: Sie hatte es genau ein Mal erlebt! Doch als ihr damaliger Freund sie so gewaltig in ihre Nippel gebissen hatte, hatte er danach ein ziemliches Veilchen zur Schau getragen. Bei dem Kerl damals tat es einfach nur weh, das hier, das war etwas vollkommen anderes. Das hier war gekonnt, und Kay ließ sich in dieses Gefühl fallen. Ihre Scham vibrierte, obwohl Baxter diese in den letzten Minuten nicht angerührt hatte. Erstaunlich!

Doch plötzlich ließ er von ihr ab, nahm sie an der Hand und führte sie aus dem Zimmer hinaus.

»Etwas bequemer werden wir es uns schon noch machen, außerdem möchte ich dir noch ein Schmuckstück zeigen ...« Er war ganz nah an ihrem Ohr und das Timbre seiner Stimme vibrierte so stark in ihr, dass sie ihre Erregung bis hinauf in den nächsten Stock halten konnte.

Kay schmunzelte. *Ein Schmuckstück?* Sie war gespannt und neugierig.

***

Oben angekommen, verschlug es ihr zunächst die Sprache. War es im unteren Teil des Hauses, welches sie bis jetzt zu Gesicht bekommen hatte, doch recht klein und gemütlich, so war der obere Teil ein einziger großzügiger Raum mit Panoramafenster. Inmitten des Raumes stand ein Bett. Oder vielmehr etwas, das normale Leute unter Umständen als Bett bezeichnen würden. Eine Liegefläche, die von vier hölzernen Pfosten begrenzt war und an deren Kopfteil sich eine gitterartige Vorrichtung befand, verschlug Kay beim Anblick der Konstruktion den Atem. Baxter löste sich kurz von ihr und ging zu der dem Fenster gegenüberliegenden Wand, drückte auf eine ganz bestimmte Stelle und es tat sich ein großer versteckter Wandschrank auf. Wieder musste Kay den Atem anhalten. Was dort zum Vorschein kam, war nicht wirklich ihr Geschmack.

Peitschen, Ketten, SM-Bedarf für alle Vorlieben. Sie schlang die Arme um ihre Brust.

»Keine Angst«, sagte Baxter, kam zu ihr zurück und lächelte sie beruhigend an, »das werde ich sicherlich nicht alles an dir ausprobieren.« Er beugte sich zu ihr herunter und küsste sie in den Nacken. Der Inhalt des Schrankes ließ sicherlich das Herz eines jeden Perversen höher schlagen. Jede nur denkbare Form der Folter befand sich darin, teilweise sogar in mehreren Ausführungen. Leder oder Latex, Metall oder Holz …

Baxter bemerkte ihre Skepsis. »Es wird nichts geschehen, was du nicht auch willst.« Er lächelte sie an.

Doch beruhigt fühlte sich Kay nach dieser Aussage nicht

und sie fürchtete, der Anblick des Inhalts dieses Schrankes würde ihre Erregung gen Nullpunkt schicken. Baxter schien ihre Verwirrung gespürt zu haben, denn seine Lippen machten sich auf Erkundungstour über ihren Körper, und sobald Kay die warme Feuchte fühlte, verschwand das eigenartige Gefühl, welches der Anblick bei ihr hinterlassen hatte. Später würde sie sich dafür ausschimpfen, dass sie den Zeitpunkt nicht zur Flucht genutzt hatte, aber in diesem Moment waren seine Lippen und das, was sie ihr in den nächsten Stunden versprachen, einfach zu überzeugend. Kay lehnte sich an Baxter und ließ sich von ihm zum Bett führen. Kurz davor machte er halt, stellte sich hinter sie und seine Hände legten sich um ihren Hals.

»Es wird ein Schmuckstück sein, das aus mehreren Teilen besteht.« Seine tiefe Stimme verriet ihr, dass er fast so erregt war, wie sie.

Durch das Fenster fiel das fahle Licht einer Straßenlaterne, und als Kay seine Hände, die sich um ihren Hals legten, mit einem Blick nach unten verfolgte, wurden diese in fast gespenstisches Licht getaucht. Immer wieder ließ er seine Hände wandern und verwöhnte ihren Körper mit seiner Wärme und Neugier auf das, was noch kommen sollte.

»Das erste Schmuckstück für dich«, er machte eine kleine Pause, in der er seine Hände von ihr nahm, »wird dieses hier sein.«

Kay schluckte. Sie fühlte, wie sich etwas Schweres um ihren Hals schloss. Sie hob die Hände und griff danach. Es war ein Lederhalsband, breit und mit schweren Nieten besetzt. Sie fuhr daran entlang und griff nach dem Ring im vorderen Bereich. »Ein eigenartiges Schmuckstück.« In ihrer Stimme lag Unsicherheit.

Baxter nickte, obwohl sie sein Nicken nicht sehen konnte.

»Es wird mir helfen, deine Schönheit heute Nacht vollkommen zu begreifen.«

Kay fühlte, wie er sich in ihrem Nacken an den Verschlüssen zuschaffen machte. Mit einem letzten Ruck war das Halsband verschlossen. Eng lag es um ihren Hals und es machte sie nervös. Doch seltsamerweise reagierte nicht nur ihr Herzschlag auf die neue Situation, sondern es begann auch zwischen ihren Beinen zu kribbeln, und Kay fühlte, wie ihre Schamlippen anschwollen. Baxter schien Ähnliches zu vermuten, denn seine Hände wanderten von ihrem Rücken über die Brüste hinunter zwischen ihre Beine, spreizten die Scham und dort fuhren zwei Finger heftig in sie. Kay stöhnte laut und ergab sich in ihre Situation.

»Das fühlt sich doch schon sehr gut an.«

Sie konnte sein Grinsen förmlich in seiner Stimme hören.

»Warte hier und beweg dich nicht«, klang sein Befehl unmissverständlich.

Unbemerkt von ihr hatte sich der Klang seiner Stimme von leichter Erregung in Härte verändert. Wieder schlug ihr das Herz bis zum Hals. Baxter kramte in seinem Schrank und kam kurz darauf wieder. Er ging hinter ihr auf die Knie und küsste ihren Po. Dann begann er Fesseln um ihre Fußgelenke zu legen. Auch hier zog er die Schnallen recht stark zu.

»Dein Schmuckstück ist fast fertig, meine Schöne.« Er erhob sich und trat vor sie.

Kay spürte Angst in sich aufkeimen. »Ich will das nicht.« Leise und zaghaft kam ihr Protest, doch Baxter verschloss ihren Mund mit einem Kuss, der ihr die Sinne raubte. Augenblicklich schwand ihr Widerstand.

Während er sie küsste, griff er nach einem ihrer Handgelenke, und bevor sie es wirklich wahrnahm, war auch hier eine lederne Fessel fest angezogen. Um sie abzulenken, griff Baxter immer wieder an ihre Brüste, kniff in die Nippel und massierte sie. Kay wand sich unter seinen Händen und bemerkte kaum, wie er die zweite Fessel um das zweite Handgelenk befestigte.

Baxter trat einen Schritt zurück und besah sich zufrieden sein Werk. Immer und immer wieder wanderten seine Hände über Kays Körper, verschwanden für genüssliche Sekunden zwischen ihren Beinen und verteilten dort ihre eigene warme Feuchte.

Baxter sah ihr durch ein Spiegelbild in die Augen.

»Wunderschön!«, raunte er und nahm Kay an den Schultern, um sie so zu drehen, dass sie im Inneren eines Schrankes in diesen Spiegel schauen konnte.

»Eine wunderschöne Frau mit dem passenden Schmuck.« Während Baxter sprach, fuhr er mit seinem Mund an ihrer Wange entlang und hinterließ eine heiße Spur auf ihrer Haut. Kays Blick hing an ihrem Spiegelbild fest. Sich sah sie nicht, sondern eine Frau mit langem, schwarzem Haar, hübschen Brüsten und Nippeln, die sich unter ihrer Erregung steil aufrichteten, und die schwarze Lederfesseln trug. War sie das wirklich? Wollte sie das hier wirklich weiter durchziehen?

Sie entdeckte einen Mann, der sich mit ihrem Körper beschäftigte und sie mit allem, was er tat, erregte. Kay fürchtete sich etwas vor dem, was er noch mit ihr vorhatte. Doch genau diese Angst ließ ihre Füße mit dem Erdboden verwachsen, ihren Atem schneller werden und ihre Erregung in unermessliche Geilheit steigern. Baxter sah ihr wieder durch das Spiegelbild in ihre Augen. Gefiel ihm das, was er dort sah? Er stellte sich hinter sie und seine Hände lagen an ihren Brüsten. Sie beobachtete, wie er diese massierte und anhob, wie seine Nägel in ihre Nippel kniffen. Bei all dem guckte sie zu und es brachte sie, ob sie wollte oder nicht, fast um den Verstand. Ihr schneller Atem war zu lautem Stöhnen herangewachsen und Baxter wusste genau, dass er sie nun in der Hand hatte und tun konnte, was immer er wollte. Und er tat es! Er führte sie auf das Bett, positionierte sie so, wie er sie haben wollte, nämlich auf ihre Knie. Wie ein kleines Hündchen kniete sie nun auf diesem Bett. Für einen Moment verließ Baxter sie, und Kay bekam Angst. Nicht vor dem, was er nun tun würde, sondern davor, dass er nicht zurückkommen würde, um das zu beenden, was er angefangen hatte.

Aber er kam zurück, und brachte etwas mit, das metallisch klimperte. Neben ihr wurde die Matratze heruntergedrückt, und Baxter begann am Gestell des Bettes zu hantieren. Kay wagte nicht aufzusehen.

In ihrem Kopf focht sie einen Krieg mit sich selbst aus.

Du willst das hier doch gar nicht, dachte sie trotzig bei sich.

Doch, widersprach eine andere Stimme in ihr, *doch ich will das! Ich will wissen, wie es ist, was auch immer er mit mir tut. Ich will wissen, wie es ist, sich gegen nichts wehren zu können.*

Baxter war mit seinen Vorbereitungen beschäftigt. Ab und an klimperte es, dann wieder war es fast totenstill und sie hörte nur ab und zu ein Rascheln. Irgendwann schien er mit dem, was er getan hatte, zufrieden zu sein und kümmerte sich wieder um sie. Ihre Körperhaltung ließ es zu, dass er sich eingehend ihrer Spalte widmen konnte, ohne dass er den restlichen Körper vernachlässigen musste.

Kay schloss die Augen. Seine warmen Hände lagen auf ihren Schamlippen und streichelten sacht darüber. Seine andere Hand spielte derweil mit ihren Brüsten und Kay fand es herrlich. Obwohl sie sich ihrer lächerlichen Haltung durchaus bewusst war, genoss sie jede einzelne Berührung. Sie begrüßte seine Finger in ihr mit einem lauten Stöhnen, und dass er sich gleichzeitig mit ihrer Rosette beschäftigte, belohnte sie mit einem Schwall ihrer eigenen Feuchtigkeit. Kay hockte auf die Unterarme und Knie gestützt und schielte unter ihren Armen hindurch, um ihm dabei zuzusehen. Obwohl er seine Finger aus ihr herausgezogen hatte, spürte sie, wie die Feuchtigkeit aus ihr lief und sich über ihre Schenkel verteilte.

Irgendwann fand Baxter, dass es nun an der Zeit wäre, mit dem fortzufahren, was er vorbereitet hatte. Deswegen beugte er sich über Kay, griff nach einer metallenen Kette und führte diese durch den Ring an ihrem Halsband. Von dort verband er das Stück mit den Handschellen. Dann nahm er eine weitere Kette und befestigte nun die Handschellen am Kopfteil des Bettes. Nun konnte sie weder Hand noch Kopf bewegen, und ließ es schweigend, aber schwer atmend, geschehen.

Baxter beugte sich herunter und verschloss ihren Mund mit einem Kuss, den sie begierig aufnahm und erwiderte. Als er sich von ihr löste, war sie fast enttäuscht. Doch seine Hände waren gleich wieder bei ihr, denn er legte einen Lederknebel zwischen ihre leicht geöffneten Lippen und verschloss das Band daran in ihrem Nacken. Wieder beugte er sich zu ihr und lächelte sie an.

»Wenn du wüsstest, wie schön du damit aussiehst.« Seine Stimme klang rau, doch Kay bezweifelte seine Worte.

Sie würgte und versuchte den Knebel loszuwerden, aber es gelang ihr nicht.

»Wehr dich nicht, meine Schöne.« Zärtlich küsste er sie auf die Stirn und erhob sich. Doch er verließ sie nicht, sondern begab sich mit seinen Lippen zwischen ihre Beine. Heftig leckte er sie dort und Kay schrie ihre Lust in den Knebel. Sie stöhnte laut und schämte sich über die Geräusche, die sie hinter ihrem Knebel hervorpresste. Aber Baxter ließ nicht von ihr. Seine Zunge fuhr in ihre Möse und füllte sie fast vollständig aus. Kays Stöhnen steigerte sich in lustvolles Kreischen. Sie spürte nur ihn zwischen ihren Beinen und achtete nicht mehr auf seine Hände bis zu dem Moment, als er von ihr abließ.

»Du schmeckst verdammt gut«, stieß er schwer atmend hervor.

Sie spürte die Bewegungen auf der Matratze, als er sich zwischen ihre Beine kniete. Bewundernd fuhr er über ihre Schenkel und verteilte ihre Feuchtigkeit dort. Nass glänzend präsentierte sich ihre Scham vor ihm und er musste an sich halten, damit er nicht seinen Schwanz auspackte und heftig in sie fuhr. Dieses Vergnügen würde er sich für später aufheben. Im Moment musste er sich auf seine Vorbereitungen konzentrieren.

Baxter griff neben sich und hielt einen langen Bambusstab in der Hand. Fast zärtlich fuhr er daran entlang, bevor er ihn in ihre Kniekehlen legte. Danach nahm er sich ein Seil und hob ihr Schienbein an. Mit geschickten Händen band er den Stab so zwischen ihrem Gelenk ein, dass Oberschenkel und Schienbein daran befestigt waren und ihr Fuß in die Luft stak.

Langsam und genüsslich betrachtete er sein Werk und fuhr mit seinen Händen daran entlang, bevor er mit dem anderen Bein genauso verfuhr.

Zufrieden nickte er, und als er Kays leises Wimmern hörte, war er von Wohlbehagen erfüllt. Aber noch war er nicht fertig. Sie hatte ihr Körpergewicht nun auf den Unterarmen und den Kniescheiben. Um zu verhindern, dass Kay ihr Gewicht verlagern konnte, fixierte Baxter ihre Fußgelenke noch mit weiteren Seilen an den Pfosten am Ende des Bettes. Dann stand er auf und stellte sich vor das Bett.

Erneut nickte er zufrieden, beugte sich zu ihr und küsste

sie noch ein Mal auf die Stirn.

»Genieß es, meine Schöne«, raunte er ihr ins Ohr, »ich bin gleich zurück und dann werden wir sehen, was wir mit dir anstellen können.« Er lachte leise und Kay meinte ein gewisses Maß an Boshaftigkeit darin zu hören. Dann ließ er sie allein.

***

Sie hatte keine Vorstellung, wie lange sie nun hier schon gefesselt kniete. Ihre Glieder spürte sie nicht mehr und die anfängliche Erregung ging gegen null. Langsam wurde sie stinksauer und versuchte, sich von ihren Handfesseln zu befreien, doch es war sinnlos. Je fester sie daran zog, desto weniger Luft bekam sie, denn gleichzeitig riss sie durch diese Konstruktion auch an ihrem Halsband. Ihr stiegen Tränen der Wut und Verzweiflung in die Augen. Wie blöd war sie eigentlich, fragte sie sich immer wieder. So etwas musste doch schiefgehen …

Kay versuchte zu schreien, aber aus ihrer Kehle kam nur ein Würgen, das durch den Knebel in ihrem Mund zusätzlich verzerrt wurde.

Irgendwann ergab sie sich in ihre Situation und entspannte die Muskeln in der Hoffnung, dass diese dann wenigstens etwas besser durchblutet wurden.

Plötzlich vernahm Kay Geräusche. Stimmen kamen die gleiche Treppe herauf, die sie mit Baxter gegangen war. Männerstimmen. Eine davon war die von Baxter. Wieder kroch die Angst in ihr herauf. Zwei Kerle, sie gefesselt … Das konnte nichts Gutes bedeuten!

Die murmelnden Stimmen kamen näher, wurden lauter und ab und an wurde gelacht. Ein paar Minuten später waren die Stimmen bei Kay. Sie hätte gern nachgesehen, wer da mit ihr in diesem Zimmer war, doch ihre Halsfessel verhinderte das.

Die Männerstimmen verstummten. Stattdessen hörte Kay,

wie sich Reißverschlüsse öffneten und dann leises Rascheln von Kleidung, die zu Boden fiel. Kays Herz schlug ihr bis zum Hals. Sie hoffte, nein, sie betete, dass ihre Sinne sie nicht getäuscht hatten und es wirklich nur *zwei* Männer waren.

Schritte, die um das Bett gingen, waren zu hören und Kay spürte die Blicke der Anwesenden wie Messerstiche. Doch statt ihr Körper damit reagierte, dass er sich versteifte und sie vollkommen panisch wurde, schien es diesem zu gefallen, so angestarrt zu werden. Kay fühlte, wie ihre Schamlippen pulsierten, spürte, wie sich die Nippel wieder aufrichteten und hart wurden. Und dann kam die erste Hand. Sie legte sich auf ihren Hintern und massierte ihn.

»Schön fest!« Das war eine fremde Stimme, die Kay nicht kannte.

»Hmm …« Das war Baxter. »Hatten wir schon lange nicht mehr.«

Kay fühlte, wie sich an ihrem Nacken zu schaffen gemacht und der Knebel gelöst wurde. Dann sah sie aus den Augenwinkeln, wie jemand zu ihr auf das Bett stieg und sich vor ihrem Mund in Position brachte. Weitere Hände folgten und brachten sie fast um den Verstand mit dem, was sie mit ihr anstellten. Sie kniffen, nein, bissen sich in ihr Fleisch, zwickten und zogen, und machten sie damit unendlich geil.

»Nimm du ihren Hintern«, hörte sie Baxter sagen, »ich werde mich mal mit ihrem Mund anfreunden.« Er lachte rau auf und brachte sich in Position, dann schob er Kay sehr hart zwei Finger in den Mund und zwang sie so, diesen aufzumachen. Kaum hatte sich ihr Mund geöffnet, schob er ihr seinen Prügel so fest hinein, dass sie wünschte, sie hätte den Knebel wieder, der ihren Mund so schön verschlossen hatte. Baxter bewegte sich langsam in ihr und hätte *sie* sich bewegen können, hätte sie sehen können, wie er dem anderen Mann zunickte. Dieser stieg nun ebenfalls auf das Bett und massierte ihre Rosette. Eigenartigerweise wurde diese feucht. Anscheinend verteilte er etwas darum herum.

Kay fühlte sich eigenartig, bekam durch Baxters Schwanz kaum Luft. Schlucken ging schon gar nicht und an ihrem Hinterteil machte sich jemand Fremdes zu schaffen. Das war zuviel. Sie begann zu weinen. Tränen liefen ihr heiß die Wangen herunter. Doch anstatt von ihr zu lassen, fuhr Baxter nur noch heftiger in ihren Mund.

»Jetzt«, kam das Kommando und in dem Moment stieß der Fremde von hinten in ihren Arsch. Kay schrie auf, es brannte höllisch und trieb ihr noch mehr Tränen in die Augen, doch schluchzen konnte sie nicht mehr, da Baxter unbarmherzig tief in ihrem Mund war. Der Kerl hinter ihr verharrte für einen Moment, legte einen Finger auf ihren Kitzler und das Brennen in ihrem Arsch vermischte sich mit der wohligen Geilheit ihrer überströmenden Spalte.

»Da war noch nie einer drin«, hörte sie den Mann hinter sich sagen und Baxter lachte leise auf.

»Ich erkenne meine Jungfrauen am Gang.« Beide Männer lachten und fuhren damit fort Kay zu ficken: der eine in ihren Mund, der andere in ihren Arsch – und Kay dazwischen … Und ob Kay es wollte oder nicht, sie floss über vor Geilheit!

Der Kerl hinter ihr massierte den Kitzler so geschickt, dass Kay fast vergaß, was die beiden mit ihr anstellten. Vorn wie hinten wurden die Stöße heftiger, die Unterhaltung der Männer erstarb und deren Stöhnen wurde lauter. Selbst Kay konnte lautes Stöhnen an Baxters Schwanz vorbeipressen. Himmel, so geil war sie noch nie gewesen! Nicht der Kerl hinter ihr fickte sie, sie fickte ihn und bot sich seinem Schwanz so heftig an, dass das gute Stück zwischenzeitlich schmerzhaft verbogen wurde. Doch ihr Hintern konnte nicht ruhig bleiben. Und dann kam er.

Laut schrie er auf, als er in sie spritzte, und auch Baxter brauchte nicht mehr lange. Soviel Sperma auf ein Mal hatte Kay noch nie schlucken müssen.

Langsam verebbten die Bewegungen in ihr. Sie war noch nicht gekommen und das ärgerte sie. Die Kerle hatten sich an ihr bedient und sie vollkommen vergessen. Baxter hatte kaum seinen Penis aus ihrem Mund gezogen, da protestierte Kay lautstark.

»Hey ... Und was ist mit mir?!«

Statt einer Antwort verschnürte er Kays Mund mit dem Knebel, der wie aus dem Nichts wieder auftauchte.

Sie würgte. Der Geschmack von Sperma vermischte sich mit dem des ledernen Knebels. Kay lief rot an, doch Baxter oder seinen Begleiter schien dies nicht zu interessieren. Sie fühlte, wie die Wichse des Fremden aus ihrem Hintern herauslief und Kay ekelte sich vor sich selbst. Wie konnte sie nur in eine solch dämliche Situation geraten? Nie wieder, schwor sie sich, nie wieder würde sie mit einem Fremden am ersten Abend in dessen Wohnung gehen.

Die Männer entfernten sich von ihr. Kay hörte Wasser rauschen und wieder lachten die Kerle. Einer kam zurück und säuberte ihren Hintern. Sie protestierte und schimpfte undeutlich hinter ihrem Knebel.

»Keine Angst, du kommst auch noch dran«, sagte der Fremde, während er ihr den Hintern reinigte.

Kay schnaubte verächtlich. Sie war so geil, dass sie der Überzeugung war, diese Kerle würden es ihr nicht besorgen können. Er gab ihr einen Klaps auf die Pobacken, der sie empört aufstöhnen ließ, dann war sie wieder allein. Sie fluchte und war stinksauer. Ihr Ärger kochte fast über. Kay war so mit sich beschäftigt, dass sie nicht merkte, wie die beiden zurückkamen. Etwas auf dem Bett klapperte, doch Kay hatte keine Vorstellung, was das sein konnte.

»Meinst du, sie hält das aus?«, fragte die fremde Stimme zweifelnd.

»Sie wird müssen, weglaufen kann sie ja schlecht.«

Kay schnaubte verächtlich, als Baxter brüllendes Gelächter für seine Feststellung erntete. Kay wurde es mulmig. Was meinte der Typ? Was sollte sie aushalten? Die Antwort darauf bekam sie gleich darauf zu spüren. Etwas Hartes strich ihren Hintern entlang, rau war es und piekste sie an einigen Stellen. Die Fläche, die über ihr Fleisch strich, wurde größer, doch noch immer konnte sie nicht einordnen, was es war, das dort ihre Haut berührte.

Und dann kam er, der Schlag. Heftig biss sich der Schmerz an ihrem Hintern fest. Kay schrie auf, doch der Knebel in ihrem Mund erstickte den Schrei und sie ergab sich in den Schmerz des Schlages.

Das wird nicht noch ein Mal passieren, dachte sie, *die Männer haben gehört, wie ich geschrien habe.* Kaum hatte Kay zu Ende gedacht, da traf sie der Schmerz erneut, diesmal noch heftiger, denn der Stock, mit dem sie geschlagen wurde, landete auf der gleichen Stelle wie beim ersten Mal. Kay fürchtete, dass der Schmerz sie übermannen würde und sie sich übergeben müsste. Doch bevor dies geschah, fühlte sie, wie eine Hand sanft zwischen ihre Beine glitt und sie dort zu streicheln und zärtlich zu zwicken begann. Kay wurde sich bewusst, dass sie augenblicklich feucht wurde und die Finger in ihrer Spalte die Feuchte großzügig über ihre Scham und zwischen den

Schenkeln verteilten. Kay schämte sich und war doch so erregt, wie nie zuvor. Sofort war der Schmerz auf ihrem Hintern zur Nebensache geworden und sie bewegte sich der streichelnden Hand entgegen, als sie der nächste Hieb traf. Kay schrie in den Knebel, würgte und stöhnte gleichzeitig vor Geilheit. Die Hand über ihrem Kitzler wurde schneller, fast so, als fordere sie Kay dazu auf, endlich zu kommen.

Sie hörte, wie die Männer neben ihr schneller atmeten. Das was sie taten, schien nicht spurlos an ihnen vorbeizugehen.

Wieder glitt der Stock über Kays Körper. Diesmal strich er über ihre Brüste, die wie pralle Früchte über den Rand eines Präsentiertellers hingen. Der Stock drückte sich in das feste Fleisch und als er aus ihrem Blickfeld verschwand, bekam es Kay mit der Angst zu tun. Sie betete, dass der Stock nicht auf ihrer Brust landen würde. Doch er tat es! In dem Moment, als er auf ihre Brüste niederfuhr, spritzte es aus ihrer Möse heraus. Sie kam. Zwar wollte Kay nicht, doch sie kam mit aller Gewalt. Wie eine Wahnsinnige fuhr Kay auf dem Finger über ihrem Kitzler hin und her und ihr Stöhnen glich eher einem Grunzen. Ihr Körper bebte und schrie nach mehr. Sie bekam es. Immer und immer wieder fuhr der Stock auf ihren Hintern nieder. Ab und an glitt das Holz von ihrem Hintern ab, denn die beiden Männer hatten, während sie mit Kay spielten, ihre Prügel hart massiert und spritzten nun auf ihre Pobacken ab. Die milchige Flüssigkeit verhinderte, dass wirklich jeder Schlag sie traf. Kay fühlte es, und es pushte sie noch mehr auf. Noch nie in ihrem Leben hatte sie einen multiplen Orgasmus. Dass es so etwas geben sollte, wusste sie, jedoch hatte sie noch nie einen erfahren. Hier und jetzt, in dem Moment, in dem ihr Schmerz zugefügt wurde, einen Schmerz, den sie nie für möglich gehalten hatte, kam sie mit einem Orgasmus, der ihr

Innerstes zerreißen ließ. Sie stöhnte und schrie hinter ihrem Knebel, wand sich in ihren Fesseln und riss daran. Sie schrie ihr Kommen heraus, spürte, wie sie abermals abspritzte und dann ließ sie sich in ihre Fesseln fallen.

Ihr Körper war erschöpft, doch ihr Geist schickte immer wieder Signale hinunter zu ihrer Scham und ließ diese anschwellen. Das hier hatte sie noch nie erlebt! Auch wenn es das Beste war, was sie je erlebt hatte!

Eine Wiederholung wollte sie nicht. Niemals, nie wieder! Ihr Kopf sackte in die Fesseln und Kay schloss die Augen, jammerte leise vor sich hin.

***

Baxter nickte seinem Butler zu und beide begannen gleichzeitig, Kays Fesseln zu lösen. Für den Anfang hatte sie sich nicht schlecht benommen. Im Gegenteil. Ihr Orgasmus war heftiger ausgefallen, als Baxter es erwartet hatte. In dem Moment, als er Kay das erste Mal gesehen hatte, hatte er gewusst, dass er eine Masochistin vor sich hatte. Er konnte nie sagen, woran er diesen Typus Frau erkannte. Manchmal roch er es, wie er scherzhaft zu erklären versuchte, oder es war einfach sein Instinkt. Bis jetzt hatte er selten danebengegriffen, auch wenn viele der Frauen, mit denen er es zu tun bekam, meist nicht wussten, dass sie masochistisch veranlagt waren.

Aber Kay, bei ihr wusste er, dass sie es zumindest ahnte. Dies war auch der Grund, warum er sie mit zu sich nahm. Allerdings spürte er auch ihren Ekel vor sich und vor dem, was er und sein Butler mit ihr angestellt hatten. Doch diesen Ekel würde er beiseite wischen, und zwar noch heute Nacht. Kay war eine Perle, eine Knospe, die es galt zu öffnen, und er würde derjenige sein, der ihr eine neue Welt zeigen würde.

Vorsichtig lösten er und sein Butler je eine Fußfessel und

massierten ihre Füße, damit sie wieder durchblutet wurden. Kay jammerte immer noch nach ihrem Orgasmus, während Baxter seinem Butler zunickte und dieser sich entfernte. Er selber machte sich an ihren Fesseln um ihre Schenkel zu schaffen, löste diese vorsichtig und nahm den Bambusstab aus ihren Kniekehlen. Die Beine waren fürchterlich verkrampft und Baxter musste sanfte Gewalt anwenden, damit Kay sich überhaupt streckte. Mit sanften, aber festen Massagen strich er ihre langen Beine entlang, fuhr bewundernd über die roten Striemen auf ihrem Hintern. Ein hübsches Muster hatte er da gezaubert.

Kay lag vor ihm mit gespreizten Beinen. Ihre Feuchte lief aus der Spalte auf das Laken. Baxter nahm seinen Finger und verteilte die Feuchte dazwischen. Er lächelte und beugte sich dann über Kay, damit er die Halsfessel lösen konnte. Leise röchelte sie und bewegte ihre Schultern, damit die Versteifung im Nacken verschwinden konnte. Baxter küsste sie auf die Schulter und ging hinüber zum Schrank. Nach kurzem Suchen fand er, wonach er Ausschau gehalten hatte und kam zurück zum Bett. Er löste die Handfesseln, legte aber gleichzeitig Handschellen aus schwerem Eisen um ihre Gelenke. Dann erhob er sich erneut und drehte Kay auf den Rücken. Mit geschlossenen Augen lag sie vor ihm. Ihre Brüste hoben sich im gleichmäßigen Rhythmus ihres Atems und ihr Körper vollbrachte im fahlen Licht der Straßenlaterne einen eleganten Bogen, der ihre Rippen ein wenig hervorstechen ließ. Baxter legte seinen Arm unter ihre Kniekehlen, den anderen unter ihren Nacken und hob sie vom Bett. Kays Kopf fiel an seine Schulter. Sie war vollkommen erschöpft und wollte weder die Augen öffnen noch sich gegen das, was noch kommen sollte, wehren.

Baxter trug seine schöne Last hinüber in ein großes Badezimmer. Im Eingang blieb er stehen. Obwohl er Besitzer dieses Raumes war, verschlug es ihm jedes Mal beim Betrachten den Atem. Ein kühler Luftzug ließ Kay nun doch neugierig werden. Müde öffnete sie die Augen und wurde vom Anblick, den ihr der Raum bot, augenblicklich in ein anderes Zeitalter versetzt. Ihr Erstaunen entging Baxter nicht.

Er lächelte. »Ja, hier konnte sich die Innenarchitektin mal so richtig auslassen.« Zärtlich küsste er Kay aufs Haar.

Dieser Raum war mit beigefarbenen Fliesen ausgelegt, die mit einer Glasur versehen waren, die dem Material einen antiken Hauch verliehen. Nostalgisch anmutende Armaturen und übergroße Pflanzen rundeten das Bild einer römischen Badeanstalt ab.

Baxter war zu einer großen Badewanne hinübergegangen, die bereits mit warmem Wasser gefüllt war und legte Kay vorsichtig hinein. Sie seufzte leise. Die Wärme tat ihrem malträtierten Hintern gut und ihre verspannten Muskeln lösten sich fast augenblicklich. Bis zu den Schultern rutschte Kay hinunter in das wohlig duftende Wasser und lächelte.

»Ist dies das Standardprogramm als Wiedergutmachung für Misshandlungen?« Sie grinste schräg mit geschlossenen Augen.

Baxter hingegen lachte auf, griff in das Wasser und nahm ihre Hände, welche von den Handschellen zusammengehalten wurden. Er hängte die Kette, die zwischen den Handschellen war, an einen messingfarbenen Statuenkopf, der einen bösen Gesichtsausdruck besaß und in seinem Mund einen schließbaren Karabinerhaken eingearbeitet hatte. Kay beäugte Baxters Tun misstrauisch.

»Bist du noch nicht fertig mit mir?« Sofort senkte sie ihren Blick, denn sie kannte die Antwort bereits.

»Nein«, Baxter lächelte sie zärtlich an, »noch nicht. Aber

ganz so schlimm, wie du meinst, wird es nicht.«

Sanft streichelte er ihr über das Haar und legte eine ihrer Strähnen über ihre Schulter. Kay sah auf in seine Augen. Sie traute dem zärtlichen Blick, den sie darin fand, nicht. Für einen Moment wandte er sich ab und hielt danach einen Porzellanbecher in der Hand, mit dem er Wasser schöpfte und es ihr langsam über die Haare goss.

»Was wird das?« Kays Misstrauen war in ihrer Stimme zu hören.

»Nichts, was du nicht willst.«

Sie lachte auf. »Ich mag es nicht sonderlich, geschlagen zu werden.«

Mit seiner Hilfe richtete sie sich in der Wanne auf und saß nun neben ihm, ihr Gesicht ganz nah an seinem und spürte seinen heißen Atem auf ihrer Haut. Baxter grinste, sah sie aber nicht an, sondern verfolgte seine Hand dabei, wie sie wieder in das Wasser tauchte, den Becher füllte und es ihr noch ein Mal sacht über das Haar goss.

»Du stehst also auf Blümchensex, Vanilla oder was auch immer ...«

Er brauchte nicht weitersprechen, denn Kay wusste, sie tat es nicht. In Gedanken hatte sie immer wieder daran gedacht, wie es wäre ...

Als sie mit ihrem Freund zusammen gewesen war, hatte sie während des Sexes oft daran gedacht, wie es hätte sein können, wenn er sie nun härter genommen hätte. Wenn er Dinge mit ihr getan hätte, die normale Leute eben nicht taten. Und der Gedanke daran hatte sie jedes Mal heftig kommen lassen. Allerdings hätte sie es nie gewagt, ihn darum zu bitten. Er hätte es nicht verstanden.

Dass es so sein würde, wie heute Abend, hätte sie nicht erwartet. Zumal sich gleich zwei Kerle an ihr vergangen hatten.

Aber so war das wohl in ihrem Leben. Man sollte sich nicht zu sehr erhoffen, dass Wünsche in Erfüllung gehen. Auch wenn Kay es nicht zugeben wollte und sich auch weiterhin ein wenig vor sich selbst ekelte, es war der beste Sex, den sie je gehabt hatte. Und diese Gewissheit schlich sich aus den hintersten ihrer Gehirnwindungen nach vorn in ihr Bewusstsein.

Kay schloss die Augen und genoss die zärtlichen Berührungen Baxters, der begonnen hatte, Schaum auf ihrem Haar zu verteilen und ihre Kopfhaut sanft zu massieren. Dieser verdammte Mistkerl verstand sein Handwerk. Vor allem verstand er es, Widerstände, die sich gerade noch in ihr regten, zum Schweigen zu bringen. Seine Massage verursachte ein Kribbeln in ihrem Innersten und es löste ihre Bedenken auf.

»Was hast du als nächstes vor?«, unterbrach sie die Stille mit einem kaum hörbaren Flüstern.

Baxter antwortete nicht sofort, sondern beschäftigte sich weiter mit ihren Haaren, ließ seine Hände hinunter zu ihren Schultern wandern und massierte wie beiläufig ihre Brüste.

»Ich werde dir Zeit geben.« Baxter hatte sein Kinn auf ihre Schulter gelegt und sah sie nun von der Seite an, während seine Hände hinunter zu ihrer Scham fuhren und sich dort zu schaffen machten. »Ich werde dir Zeit geben, darüber nachzudenken, was du willst und«, er machte eine kleine Pause, in der er ihren kleinen, vergnügten Quietscher, den sie von sich gab, als er sie in ihren Kitzler zwickte, genoss, »und ob du das, was du willst, von *mir* willst. Heute, morgen und für sehr lange Zeit.« Er küsste sie, erhob sich und langte nach einem großen Handtuch.

»Wie stellst du dir das vor?« Kay sah ihn immer noch zweifelnd an.

Er löste die Fesseln vom Statuenkopf und reichte ihr seine

Hand, damit sie sicher aufstehen konnte.

»Ich biete dir ein Leben voller Leidenschaft und Erfüllung.« Er legte ihr das Handtuch um die Schultern und es umhüllte den Rest ihres Körpers wie ein Kleid. »Hier mein Vorschlag: Wir werden nun wieder hinübergehen und unsere kleine Party weiterfeiern. Du wirst es nicht bereuen und ich denke, dein Körper ebenso nicht.« Er lächelte süffisant, zog sie mit dem Handtuch näher zu sich und hielt sie in den Armen. »Morgen, nachdem du dich ausgeschlafen hast, wird dich Harold, den du ja schon kennengelernt hast, nach Hause fahren. In deiner Handtasche wird ein Zettel mit einer Adresse liegen.« Baxter führte sie hinüber ins Schlafzimmer, setzte sich auf die Bettkante und positionierte Kay vor sich, damit er sie abtupfen konnte. »Du hast bis Sonntagabend Zeit, darüber nachzudenken, ob du dich in meine Hände begeben möchtest. Wenn ja, dann steuerst du den Ort an, der auf dem Zettel beschrieben ist.« Er schob das Handtuch herunter, beugte sich zu ihr und begann sacht an ihren Nippeln zu knabbern. Kay keuchte leise auf.

»Was bietest du mir im Speziellen an?«, presste sie zwischen ihren geschlossenen Lippen hervor.

Es schien, als wollte er nicht sofort antworten, da ihm das Spiel mit ihren Nippeln anscheinend besser gefiel. Sie legte ihm eine Hand in den Nacken und hielt ihn mit seinen Lippen genau dort fest, wo er gerade war. Er schmatzte an ihren Brüsten und griff nach ihnen, um sie so fest zu pressen, dass ihr Fleisch zwischen seinen Finger hervorquoll. Kay stöhnte. Egal, was dieser Mann mit ihr anstellte, oder noch anstellen würde, hier und jetzt würde sie es genießen.

»Ich werde dir zeigen«, begann er, nachdem er von ihr gelassen hatte und mit seinem Gesicht vor dem ihren aufgetaucht war, »was es heißt, sich in einer solchen Beziehung ausleben zu können. Ein neues Leben, ein neues Selbstbewusstsein und hervorragender Sex sollten Ansporn genug sein.«

Sie sah ihm in die Augen. Ein amüsiertes Funkeln über ihr Unverständnis blitzte ihr entgegen. Baxter griff hinter sich und hielt einige Meter Seil in seiner Hand. Während er die Länge des Seiles passend in die Hände nahm, sprach er weiter.

»Du bist eine wundervolle und wunderschöne Frau, die leider nur einen Fehler hat.« Er grinste schräg.

Kay lachte leise auf. »Und der wäre?«

Baxter erhob sich und band eine große Schlaufe um ihren Bauch, verknotete diese und die Enden des Seiles legte er auf je eine Schulter.

»Du gibst dich mit dem Erstbesten zufrieden …« – er ging um sie herum und begann in ihrem Rücken zu hantieren – »… während du eigentlich das Beste verdient hättest!« Er sprach langsam und Kay konnte die Konzentration in seiner Stimme fast mit den Händen greifen.

Baxter ruckelte die Seile in ihrem Rücken zurecht und sie spürte den Druck eines weiteren Knotens auf ihrer Haut. Er legte die Enden der Seile nun von hinten nach vorn und sie folgte seinen Händen mit den Blicken. Es war ein eigenartiges Gefühl, dieses raue, feste Material auf ihrer Haut zu spüren und nicht zu wissen, was er damit tun würde. Die Wärme des Badewassers verließ ihren Körper und sie begann leicht zu frösteln. Ihre Nippel wurden fest und richteten sich auf. Doch Baxter war mit seinen Seilen so sehr beschäftigt, dass er es nicht wahrnahm. Mittlerweile hatte er ihre Arme mit den Stricken an ihrem Körper fixiert und über ihrem Bauch zeigte sich das Bild eines kunstvoll geknüpften Netzes. Immer wieder ruckte es an ihrem Körper und Baxter zog die Fesseln noch ein wenig strammer nach. Über ihrem Busen und an ihren Hüften wurde das Fleisch schmerzhaft gequetscht. Sacht strich er über die Stellen, die sich Platz schaffen wollten und unter dem rauen Material hervorgepresst wurden.

Ob Kay wollte oder nicht, ihr Herz schlug schneller und ihr Atem passte sich an. Baxter schien vergessen zu haben, dass sein Objekt vor ihm lebte, atmete und fühlte. So sehr war er damit beschäftigt, ihr ein kunstvolles Bondage anzulegen. Immer wieder verknotete er die Seile und zog sie zum Schluss zwischen ihren Beinen hindurch. Mit zwei Fingern schob er ihre Schamlippen auseinander und legte die Enden seiner Fesseln in die sich ihm bietende Spur. Wieder zog er stark daran, hielt die Seilenden in ihrem Rücken fest und mit einem abschließenden Knoten vollendete er sein Werk. Seine Hände prüften hier und da, ob seine Verschnürung auch fest genug war und wenn er sich nicht sicher war und daran zog, stöhnte Kay zur Bestätigung leise auf.

Er trat näher an sie heran und seine warmen Hände fuhren die Linien der Fesseln auf ihrem Körper entlang bis hinunter zu ihrer Scham. Ihr freigelegter Kitzler war angeschwollen und lud ihn zu einem besonders erregenden Spiel mit seinen Fingern ein. Sanft strich er darüber und Kay lehnte sich genussvoll an ihn. Eine Hand auf ihrer Brust, streichelte diese mal sanft, dann fordernd und wenn sie vorwitzig war, presste sie das Fleisch zwischen den Seilen heftig und schmerzhaft zusammen. Die Finger seiner zweiten Hand gaben sich nicht mit den Äußerlichkeiten zwischen ihren Beinen zufrieden, sondern fuhren immer wieder in die Lusthöhle. Die Feuchtigkeit darin schmatze, wenn die Finger in sie glitten.

Baxters Atem an ihrem Hals, seine Lippen an ihren Wangen, all dies schickte Kay auf eine Reise in ihre eigene Erregung, und Kay liebte es. Liebe auf den ersten Blick! Genauso hatte sie es sich immer vorgestellt. Wehrlos zu sein und auf diese Weise ihren Körper verwöhnt zu wissen. Ein herrliches Gefühl! Das war es also …

Die Wärme ihrer Erregung breitete sich in ihrem gesamten Körper aus und steigerte sich von Minute zu Minute. Doch plötzlich stoppte Baxter, hob sie hoch und legte sie auf dem Bett ab.

»Wir wollen doch nicht, dass du zu schnell kommst …« Er küsste ihre Lippen, den Hals, ihre Brüste und leckte den geschwollenen Kitzler so heftig, dass Kay laut aufschrie.

»Bin gleich zurück.« Er zwinkerte der atemlosen Kay auf dem Bett zu und machte sich an seinem Schrank zu schaffen. Kay verzichtete darauf, ihn dabei zu beobachten, was er tat. Sie genoss die Wellen der Erregung, die sich in ihr ausbreiteten, verfolgte jede Einzelne davon mit ihren Gedanken und rekelte sich in den Seilen. Raues Sisal biss sich in ihre Haut und kratzte, doch anstatt es zu hassen, liebte Kay dieses Gefühl auf ihrem Körper.

Sie spürte Baxters Wärme an ihren Beinen, fühlte, wie er etwas Schweres auf dem Bett ablegte. Nun öffnete sie doch neugierig die Augen. Aber sie konnte nicht erkennen, um was es sich handelte, so ließ sie ihre Blicke über seinen Rücken wandern.

Baxter lachte leise. »Neugierig?«

Er griff nach ihrem linken Fuß und legte dort eine Lederfessel an, prüfte deren Sitz und tat das Gleiche an ihrem rechten. Kay nickte, obwohl er es nicht sehen konnte, da er sich wieder mit dem beschäftigte, was er auf dem Bett abgelegt hatte. Er spreizte ihre Beine und schob ein schweres Etwas dazwischen. Für einen Moment drückte er die Matratze herunter, als er sich über Kays Beine beugte. Sie hörte ein metallisches Klicken und kurz darauf fühlte sie auch etwas Metallisches an ihrem Gelenk. Einen Atemzug später spürte sie es an ihrem anderen Fuß und bekam die Beine nicht mehr zusammen. Kay versuchte die Füße zu heben, damit sie sehen konnte, was damit geschehen war, doch Baxter verhindert mit sanftem Druck, dass sie es tun konnte. So vermutete Kay, dass er ihre Beine mit einer Stange dazwischen fixiert hatte.

Nun hockte Baxter sich vor die metallene Begrenzung und begann sich eingehend mit ihrer Vagina zu beschäftigen. Zunächst massierte er sie mit seinen warmen, schweren und kraftvollen Händen, fuhr die Scham entlang, kniff sie sacht und schickte seine Finger dann auf eine Reise in ihr Innerstes. Immer wieder streichelte oder kniff er Kays Kitzler. Kay bewegte sich mit ihrem Hintern wie von Sinnen seinen Berührungen, die schon mehr Qual waren, entgegen. Und Baxter grinste. Nein, er hatte sich nicht in ihr getäuscht. Die kleine Knospe erwachte und wurde sich gerade ihres Körpers und den Empfindungen, zu denen er fähig war, bewusst.

Baxter verteilte Kays Feuchtigkeit gleichmäßig auf und in ihr. Eine Hand lag auf dem Kitzler und von seiner anderen schickten sich zunächst zwei seiner Finger an, sie von innen zu verwöhnen. Im Laufe seines Spiels fand er zwei zu wenig, schob einen dritten und dann einen vierten hinterher. Nur noch sein Daumen kreiste außerhalb der feuchten Höhle um das empfindliche Fleisch.

Kays Stöhnen wurde lauter und rauer. Sie drehte ihre Höhle fast auf seiner Hand, und so fand er es an der Zeit, auch den Daumen hineinzuschieben. Kay schrie vor Schmerz auf. Baxter dehnte ihre Möse langsam und qualvoll, doch die Hand über ihrem Kitzler gab sich Mühe, den Schmerz in Lust zu verwandeln. Und sie war erfolgreich. Kays Gesicht war eine Fratze aus Lust und Schmerz, ihre Stimme ein einziger Schrei, gepaart mit leidenschaftlichem Seufzen.

Langsam bewegte sich die Faust in ihr. Baxter schmunzelte. Kay war eng gebaut und seine Hand passte kaum hinein, doch sie schraubte ihre Höhle unaufhörlich über seine Faust. Ihre Feuchte quoll an seiner Hand entlang aus ihr heraus. Baxter beugte sich hinunter und leckte daran.

»Hmm ... Wunderbar!«, kam zwischen ihren Beinen hervor.

»Fick mich endlich zu Ende!«, schrie Kay ihm in ihrer Geilheit entgegen. Sie konnte sich kaum noch bewegen und die festgeschnürten Glieder schmerzten, wenn sie sich ihnen versuchte entgegenzuwerfen. Kay schaffte es kaum, sich auf seiner Hand ihrer Befriedigung näherzubringen. Baxter verlangsamte seine Bewegungen in ihr. Nach ein paar Augenblicken beruhigte sich ihr Atem und sie konnte außer ihrer Erregung auch seine Faust in ihr genießen.

Baxter nahm die Hand von ihrem Lusthügel und begann seinen steifen Prügel zu massieren. Im Einklang mit den Bewegungen in ihr, fuhr seine freie Hand über seinen Ständer und rieb sich. Baxter hatte einiges aufzuholen, doch brauchte er nicht lange, um ihr zu folgen. Langsam zog er seine Finger aus ihrer feuchten Höhle und griff dann nach ihren Beinen, um diese hochzuheben. Er presste sich gegen sie und mit einem lauten Seufzer fuhr er mit seinem Penis in ihre Möse. Baxter spürte sie kaum, denn sie floss über, und seine Hand hatte ihr weiches Fleisch so sehr gedehnt, dass er kaum an ihre Vagina herankam. Jedoch war Kay so erregt, dass sich ihre Gebärmutter und dessen Verschluss etwas gesenkt hatten. Er stieß immer wieder in sie und traf auf die kleine vorgewölbte Wand. Hatte er sich bis jetzt bei ihr mit Härte zurückgehalten, holte er dies mit seinen Stößen in ihr nun nach. Kay schrie, bäumte sich ihm entgegen und er krallte sich an ihren Beinen fest.

Baxter hatte ganze Arbeit geleistet und Kay brauchte nicht lange, um in einem gigantischen Orgasmus zu kommen. In Ekstase warf sie ihren Kopf hin und her und ihre Stimme glich nach dem ersten lauten Schrei nur noch einem Wimmern. Einem Wimmern nach mehr, worum sich Baxter nicht zweimal bitten ließ. Er nahm eine Hand von ihren Beinen und verlängerte ihre Ekstase mit gezielten Reibungen über dem Kitzler. Die Kontraktionen ihrer Höhle massierten seinen Schwanz und er verzog voll Lustschmerz das Gesicht. Keine zwei Stöße später explodierte auch er in ihr. Seine Stimme klang wie ein wildes Raubtier auf der Jagd. Schweiß tropfte ihm von der Stirn auf ihre Scham.

Die letzten Minuten hatten alles aus ihm herausgeholt und er war zufrieden. Vor ihm wand sich Kay in ihren letzten Zügen. Baxter betrachtete sie, während sie von ihrer kleinen Reise der Ekstase landete und wieder festen Boden unter ihre Füße bekam. Die Seile hatten sich während des Spiels noch tiefer in ihr Fleisch gebissen und Schweißperlen rannen ihren Hals hinunter. Die vom Bad noch feuchten Haare klebten an ihren Wangen. Langsam öffnete sie die Augen, unfähig sich zu orientieren, unfähig zu sprechen. Baxter kroch unter ihren Beinen hervor, löste Stange und Lederfessel, um diese dann so leise wie möglich in ihrem Behältnis zu verstaunen.

Leise lachte er über seinen Zustand. Selten hatte Baxter selber wackelige Beine, wenn er einen Orgasmus hatte. Aber dieser hier vor ein paar Minuten war selbst für seine verwöhnten Verhältnisse gigantisch gewesen. Sein Penis stand immer noch aufrecht und wollte sich nur langsam entspannen. Baxter sah an sich hinunter und gab seinem besten Teil einen leisen Befehl sich endlich zurückzuziehen. Aber der Kerl zwischen seinen Beinen machte keine Anstalten zu gehorchen.

Grinsend ging Baxter zurück zum Bett, kniete neben Kay und begann sacht und vorsichtig, die Fesseln zu lösen. Kay hatte die Augen wieder geschlossen. Ab und an seufzte sie, wenn er etwas fester als beabsichtigt an den Seilen zog. Irgendwann lag sie nackt vor ihm und auf ihrem Körper zeichneten sich die Male der Fesselung ab.

Baxter legte seine Last zur Seite und sich selbst neben Kay. Er zog eine Decke über ihre Körper und Kay kuschelte sich mit ihrem Rücken an ihn.

»Schlaf, meine Schönheit, du hast es dir verdient.« Er küsste sie auf die Schulter und lauschte ihrem gleichmäßigen Atem, welcher ihm verriet, dass sie bereits eingeschlafen war.

***

Langsam erwachte Kay. Jeder einzelne Knochen in ihrem Körper tat ihr weh. Doch kaum hatte sie die Augen geöffnet und sich kurz orientiert, da begann sich ihr Körper an die Erregung der letzten Nacht zu erinnern. Kay seufzte und hob die Bettdecke an. Sie konnte kaum glauben, was dort zum Vorschein kam. Ihr Körper war übersät mit roten Striemen. Vorsichtig richtete sie sich auf und drehte sich so, dass sie ihren Hintern betrachten konnte. Erschrocken sog sie die Luft ein. Rot, blau und ein wenig grün mischte sich mit leicht gebräunter Haut. Der Kerl hatte gestern Abend ganze Arbeit geleistet. Sie sah sich um. Wo war er?

Kay hatte es genossen, sich nach dieser Tortur an ihn zu lehnen, seine Wärme auf ihrer Haut zu spüren und war schnell eingeschlafen. Fast war sie enttäuscht, dass er nicht mehr da war. Sie ruckelte sich ein Kissen im Rücken zurecht und besah sich den Raum, in welchem sie die Nacht verbracht hatte. Der

Schrank mit seinem geheimnisvollen und äußerst amüsanten Inhalt war in die Wand eingelassen. Nur das Bett stand mitten im Raum. Eine Spielwiese für verborgene Fantasien. Kay richtete ihren Blick zum Fenster. Davor stand ein kleiner Tisch, der bereits mit einer silbernen Tellerhaube versehen war. Ein Stuhl lud Kay ein, Platz zu nehmen, obwohl sie bezweifelte, jemals wieder auf ihrem Hintern sitzen zu können.

Sie schlug die Decke vollkommen zur Seite und lächelte. Irgendwer hatte ihr einen Morgenrock auf die Bettkante gelegt. Feinste Seide glitt ihr durch die Hände und ein betörender Duft stieg aus dem Mantel in ihre Nase. Sie ging die paar Schritte hinüber zum Fenster und ließ sich den Mantel über den Körper gleiten. Herrlich zart lag er auf ihrer Haut und umschmeichelte ihre Figur. Kay sah hinunter auf die Straße und nahm die Haube vom Teller. Sofort machte sich Hunger bei ihr bemerkbar, denn auf dem Teller warteten frische Rühreier und Speck sowie ein kleiner Pfannkuchen mit duftender Marmelade auf sie. In einer Warmhaltetasche neben dem Tisch stand eine kleine Kanne mit Kaffee. Auf diese Art konnte jeder Tag nach einer solchen Nacht beginnen. Kay langte herzhaft zu und betrachtete das Geschehen auf der Straße. Das frühlingshafte Wetter mit zartem Sonnenschein hatte viele Menschen auf die Straße zu ihren Füßen hervorgelockt und es herrschte reges Treiben.

Für einen Moment zuckte Kay zusammen. Dort unten betrat Baxter die Straße, blieb am Bordstein stehen und ... wandte sich um, blickte zu ihr herauf. Keine Spur von Müdigkeit lag in seinem Lächeln. Er sah wesentlich frischer aus, als Kay sich fühlte. Er schickte ihr einen fliegenden Kuss zu und winkte noch einmal, bevor er die Straße überquerte. Versonnen blickte sie dem Mann hinterher. Er wollte eine Entscheidung von ihr.

War sie bereit dafür?

Kay stellte ihre Tasse ab und ging hinüber in das Badezimmer, wo sie die Dusche anmachte und gönnte ihren schmerzenden Muskeln eine Erholung. Sie ließ das warme Wasser über ihren Körper laufen und verteilte eine duftende Essenz in ihren Händen, die sie mit langsamen, kreisenden Bewegungen auf ihrer Haut verteilte. Die Berührungen riefen das Erlebte der Nacht in ihre Erinnerungen zurück. Kay lehnte an der kühlen Wand der Dusche und spielte mit ihrem Körper. Dabei beobachtete Kay, wie sie sich selbst in die Nippel kniff und spürte, wie genau das ihre Säfte wieder laufen ließ. Die Striemen auf ihrem Po brannten etwas, wenn das Wasser darüberlief, aber gerade dieses kleine Brennen trieb sie in ihrer Fantasie nur noch weiter an. Sie schloss die Augen und träumte davon, wie sie Baxter ihren Hintern hinhielt und er mit gezielten Schlägen ihre Erregung steigerte. In Gedanken hörte sie, wie der Stock auf ihrem Hintern landete, fühlte jeden einzelnen Schlag neu und genauso hart, wie in der letzten Nacht und ihre Hand zwischen den Beinen begann ihren geschwollenen Kitzler zu reiben. Fast ruckartig stieß sie sich von der Wand der Dusche ab. Es ging ihr viel zu langsam, so griff sie nach dem Duschkopf und verstellte die Intensität des Wasserstrahls. Lächelnd positionierte sie sich breitbeinig so, dass der Strahl sein Ziel nicht verfehlen konnte. Es kribbelt bis in ihre Knie. Langsam veränderte sie die Position immer wieder und innerhalb von ein paar Minuten kam sie. Schwer keuchend stützte Kay sich an der Wand ab und genoss die Wellen ihres kleinen morgendlichen Spiels. Fast enttäuscht, dass sie sich dieses Vergnügen nicht mehrfach hintereinander gönnen konnte, stellte sie das Wasser ab und verließ das Bad.

Auf ihrem Bett lagen ein paar Sachen für Kay bereit, die

sie anziehen sollte. Ihr Kleid befand sich zusammengefaltet daneben. Kay trocknete sich ab und griff nach einem String, der nur ein Hauch von Stoff darstellte und diesen Namen eigentlich nicht verdiente, einer schwarzen Jeans und dem dazu passenden schwarzen Shirt. Vor dem Bett standen Pumps mit hohen Absätzen. Kay grinste. Baxter hatte ein verdammt gutes Augenmaß, denn die Sachen passten wie angegossen. Sie klemmte sich ihr Kleid unter den Arm und mit einem letzten Blick zurück verließ sie den Ort ihrer SM-Entjungferung.

***

Kaum stand Kay am oberen Ende der Treppe, da erschien am Treppenabsatz auch schon der Butler Harold und lächelte sie freundlich an.

»Du bist soweit?«, fragte er leise und hielt ihr eine Hand entgegen, die sie ergriff. Sofort hauchte er ihr einen Handkuss zur Begrüßung darauf. Das war der einzige Satz, den er mit ihr während der Fahrt in den folgenden zwanzig Minuten wechselte.

Als er vor ihrer Haustür hielt, öffnete der Butler den Fond, reichte ihr die Handtasche und tippte mit vielsagendem Blick darauf. Dann grinste er ihr zu, stieg ins Auto und ließ Kay am Bordstein stehend zurück.

»Nun«, sagte sie leise, »wir werden sehen ...« Mit diesen Worten ging sie zu ihrer Wohnung.

***

Fünfzehn Minuten später saß Kay an ihrem Fenster, eine Tasse süßen Tee in der Hand, und dachte über Baxters Angebot nach. Faktisch hatte Kay es schon längst angenommen, denn wenn sie ihr Leben so besah, dann hatte sie nicht mehr viel zu verlieren.

Dabei dachte sie über die letzte Woche und das katastrophale Ende nach …

***

Die Woche war hart und fürchterlich gewesen. Am Montag hatte Kay sich noch amüsiert gefragt, ob es am Wetter oder dem kommenden Vollmond liegen würde, dass keiner ihrer Kollegen mit dem anderen auskam. Aufträge gingen im letzten Moment verloren, und dieser Umstand hob die Stimmung in der Agentur nicht unbedingt. Ihr Chef tobte und die Kollegen ließen ihren Frust aneinander aus. Selbst der Kaffee schien von einer miesen Plantage zu kommen.

Gerade hatte Kay den letzten Fehlschlag im Büro mit einem Schulterzucken abgehakt und sich dazu entschlossen, den Abend auf angenehme Art und Weise ausklingen zu lassen, als ihr Freund, ein Banker, anrief. Nach einem kurzen unerfreulichen Telefonat mit ihm, entschloss sie sich in ihren Saunaclub zu gehen. Denn ihr Freund hatte anscheinend etwas Besseres zu tun, als sie zu beehren – wie so oft in letzter Zeit!

***

Als Kay ihre Saunagänge beendet hatte, wollte sie den Verwöhnabend noch mit einer Massage ihres bevorzugten Masseurs ausklingen lassen. Der Masseur tat nicht nur ihren verspannten Muskeln an diesem Abend gut. Rein vom Äußerlichen her war der smarte Andrew eine Augenweide und seine Hände ein zartes Versprechen für Kay. Außerdem wusste sie, dass er seit ihrem ersten Besuch vor zwei Jahren ein Auge auf sie geworfen hatte. Immer wieder ließ er ihr besondere Massagen angedeihen, von denen Kay nur zu gut wusste, dass sie die Einzige war, die in diesen Genuss kam.

Die großen kräftigen und doch so zarten Hände begannen meist damit, ihren verspannten Nacken zu lockern, um sich dann über ihren Rücken hinunter zum Po vorzuarbeiten. Kay liebte es, wenn er sich besonders intensiv mit ihrem Po beschäftigte und von dort aus weiter ihren Kitzler auf eine ganz bestimmte Art verwöhnte. Sie genoss jede einzelne Berührung und den Orgasmus, den er ihr mit seinen Bemühungen bescherte.

Doch am Tag zuvor hatte sie sich vorgenommen, es nicht bei dieser kleinen Gefälligkeit seinerseits zu belassen, sondern ihn sich ganz zu gönnen. Nach einem Snack an der Bar hatte sie Andrew mit einem kleinen Wink zu verstehen gegeben, dass er ihr folgen sollte.

Schon im Auto konnte er die Hände nicht von ihr lassen. Als sie die Tür zu ihrer Wohnung aufschloss, freute Kay sich auf das, was sie nun miteinander anstellen würden. Und Kay wurde nicht enttäuscht!

Andrews hübsches, etwas skandinavisches Äußeres, die sich abzeichnenden Brustmuskeln unter seinem T-Shirt, seine Hände und nicht zuletzt das, was er für gewöhnlich in seiner Hose vor ihr verbarg, all dies bescherte ihr eine Nacht voller Lust und Erfüllung.

Gerade hing sie noch ihrem letzten, herrlichen Orgasmus nach und beobachtete Andrew dabei, wie er in ihr kam, als die Tür zum Schlafzimmer von ihrem Banker aufgerissen wurde. Als er die beiden sah, zerlegte er kurzerhand fast das ganze Mobiliar im Zimmer und schickte sich an, das Gleiche mit Andrew zu tun.

Nun hatte sich der Banker mit den Möbeln bereits so verausgabt, dass Andrew aus dieser kurzen, aber heftigen Schlacht mit einem minimalen Veilchen als Sieger hervorging. Jedoch endete dieser Abend, der so vielversprechend begonnen hatte, für Kay, ihren Masseur und jetzigen Ex-Freund auf dem Polizeirevier. Nachdem das Protokoll aufgenommen war und Kay trotz der Ermahnung der jungen Polizeibeamtin auf eine Anzeige gegen ihren Ex-Freund verzichtet hatte, nahm sie sich ein Taxi und ließ sich in ein Hotel fahren, denn in einem Schutthaufen wollte sie den Rest der Nacht nicht verbringen. Kay tat kein Auge zu und bedauerte, dass diese Nacht so enden musste.

***

Gerädert stand Kay am nächsten Morgen auf und nahm ein Taxi zu ihrer Wohnung. Im Stillen beglückwünschte sie sich, dass sie sich entschieden hatte, die Nacht in einem Hotel zu verbringen, denn das Chaos, das sie in ihren vier Wänden vorfand, war größer, als sie es in Erinnerung hatte. Ohne, dass es von ihr oder ihrem Liebhaber bemerkt worden war, war ihre gesamte Wohnung dem Eifersuchtsanfall des Bankers zum Opfer gefallen. Mit einem Seufzer ließ sie sich neben einem zerrissenen Polstersessel auf die Knie fallen, schlang die Arme um sich und versuchte die Tränen, die ihr der Anblick um sie herum in die Augen trieb, zu unterdrücken.

***

Irgendwie schaffte sie es im Laufe des Nachmittages, dass sie ihren Kopf wieder hochbekam. Mit jedem Stück, das ihr Banker demoliert hatte und das sie nun in die Hand nahm, um es beiseite zu räumen, mit jedem einzelnen Stück trotzte ihr Selbsterhaltungstrieb.

Irgendwann, sehr viel später, als sie mit dem Aufräumen fertig war, war sie wieder Kay. Eine andere als noch am Morgen, doch diese Kay hier war noch stärker.

Gerade hatte Kay das letzte Möbelstück wieder aufgestellt, als ihr Telefon klingelte. Eine alte Freundin, die gehört hatte, was geschehen war, meldete sich. Ohne, dass sie es wusste, sorgte die Freundin dafür, dass Kay an diesem Wochenende sich selbst finden würde …

***

Das alles war innerhalb einer Woche geschehen und als Kay sich am Samstag ankleidete, um ihre Freundin bei diesem Dinner zu vertreten, hatte Kay sich halbwegs wieder im Griff und konnte der Welt gegenübertreten. Mit welchen Folgen für ihr Leben, konnte sie zu diesem Zeitpunkt noch nicht ahnen …

***

Es war dunkel geworden. Kay saß immer noch am Fenster ihrer Wohnung, lehnte ihre Stirn an die kühle Fensterscheibe und dachte über ihr verkorkstes Leben nach. Sie sah sich in ihrer Wohnung um und ihr Blick blieb an der Handtasche hängen. Kay gab sich einen Ruck und ging hinüber. Mechanisch nahm sie die Adresse aus der Tasche, griff nach ihrem Portemonnaie und verließ die Wohnung. Entschlossen schritt Kay die schmale Straße hinunter, bog zweimal ab und stand vor einem kleinen Café. Kay blickte auf den Zettel in ihrer Hand – die Adresse stimmte. Einen kurzen Moment zögerte Kay, doch ihre Füße setzten sich wie von selbst in Bewegung. Augenblicklich öffnete sie dann die Tür des Cafés und setzte sich an einen der Tische. Dort bestellte sie einen Tee und wartete.

Weitere erotische Geschichten:

Trinity Taylor

Ich will dich noch mehr

Trinity Taylors erotische Geschichten berühren erneut alle Sinne:

Während einer TV-Produktion im Fahrstuhl,
mit dem Ex auf der Massageliege,
mit Gangstern undercover im Lagerhaus
oder im Pferdestall mit dem »Stallburschen«...

Spannend und lustvoll knistern die neuen Storys voller Erotik und Leidenschaft. Sie fesseln den Leser von der ersten bis zur letzten Minute!

Trinity Taylor

Ich will dich ganz

Trinity Taylor entführt den Leser in Geschichten voller lasterhafter Fantasien & ungezügelter Erotik:

Im Theater eines Kreuzfahrtschiffes,
auf einer einsamen Insel mit einem Piraten,
mit der Freundin in der Schwimmbad-Dusche
oder mit zwei Männern im Baseballstadion...

Trinity überschreitet so manches Tabu und schreibt über ihre intimsten Gedanken.

Trinity Taylor

Ich will dich ganz & gar

Lassen Sie sich von der Wollust mitreißen und fühlen Sie das Verlangen der neuen erotischen Geschichten:

Gefesselt auf dem Rücksitz,
auf der Party im Hinterzimmer,
»ferngesteuert« vom neuen Kollegen
oder in der Kunstausstellung ...

»Scharfe Literatur! - Bei Trinity Taylor geht es immer sofort zur Sache, und das in den unterschiedlichsten Situationen und Varianten.« BZ, die Zeitung in Berlin

III. Teil

Baxters Frau Fiona holte Kay in dem kleinen Café ab. Anfangs war Kay zurückhaltend, nichts ahnend, was auf sie zukommen würde und genauso ahnungslos in dem, wozu sie fähig war. Sie brauchte eine gewisse Zeit und irgendwann war sie die freche, kleine Person, die Kay in ihrem früheren Leben war. Nur dieses Mal war sie selbstbewusster und liebte es, sich in ihrer Sexualität neu zu finden. Kay und Fiona ergänzten sich hervorragend. Das Kleeblatt war komplett.

Allerdings begann dieses Kleeblatt sich auszumalen, wie es wohl wäre, wenn sie sich zu ihren »Spieleabenden«, wie Fiona sie schon kannte, gelegentlich weibliche Gäste einladen würden. Es war, besonders für die Damen der Runde, ein gewöhnungsbedürftiger Gedanke, denn sie sahen sich als komplett an und wollten sich zunächst untereinander austoben. Aber nach einigen Übungssessions fanden auch sie Gefallen daran.

Wieder waren es Kay und Fiona, die zunächst mehr als skeptisch waren. Kay befürchtete sogar, dass sie dabei zu kurz kommen könnte. Und Baxter musste lachend eingestehen, dass dies wohl geschehen konnte. Doch die Idee, sich eine weitere, wenn auch schon erfahrene Frau in ihre Mitte zu holen, hatte sich bei ihnen allen festgesetzt und so kamen sie immer wieder auf dieses Thema zu sprechen. Es war aufregend, denn keiner von ihnen hatte Erfahrungen in dieser Spielart, wohl wissend, dass hier neben der körperlichen vor allem die psychische Ebene eine Rolle spielen würde. Wären die vier gewissenhaft genug, dieses »Lustobjekt« zu nutzen, ohne dass sie es in seiner Persönlichkeit brechen würden? Eine spannende Frage und sie konnten es kaum erwarten, diese zu beantworten.

Manchmal kam sich Baxter vor, wie ein Vampir. Mit dem Unterschied, dass er diese Frauen nicht biss, um sie süchtig zu machen. Sicherlich waren die vier zunächst mit dem zufrieden, was sie hatten, doch irgendwann stellten sie fest, dass etwas fehlte. Ob es an den rein theoretischen Diskussionen lag, wusste keiner. Sie ahnten aber, das etwas fehlte und dass dieses *Etwas* eine Frau war, die sich in die Vierergemeinschaft einfügen konnte. Doch so sehr Baxter sich auch bemühte, er fand keine, die geeignet gewesen wäre, dauerhaft zu ihnen zu stoßen. Bei Baxter bildete sich eine Art Frust über sein vermeintliches Versagen. Doch seine drei Begleiter bestanden darauf, dass sie sich Zeit ließen. Es wäre kaum zu verantworten gewesen, wenn sie sich aus Zeitmangel selber unter Druck gesetzt und die falsche Frau zu sich geholt hätten. Dies war ein Einwand, der auch Baxter besänftigte und er gab seiner Suche einen ruhigeren Charakter.

Samira

»Bist du bereit?«, Baxters Stimme klang sanft durch das Stimmengewirr an ihr Ohr.

Sie hob den Kopf, so als wolle sie ihn ansehen, doch die lederne Augenbinde verhinderte es.

Sacht schüttelte sie den Kopf. »Nein«, gab sie kleinlaut zu, »wenn ich ehrlich bin, war ich nicht darauf gefasst.«

Er streichelte ihr die Wange und die Wärme in seinen Händen beruhigte sie. »Wir können es auch noch absagen.«

Wie sehr sie diese Stimme liebte! Vom ersten Moment an diesem Abend vor ein paar Monaten hatte sie sich in diese tiefe, freundliche und warme Stimme verliebt. Sie gab ihr das Gefühl von Sicherheit und Geborgenheit. Samira hatte sein Bild vor ihrem inneren Auge und lächelte zärtlich.

»Nein, ich will das jetzt durchziehen«, sagte sie leise.

Er trat einen Schritt auf sie zu und sie konnte ihren Kopf an seine Schulter legen.

»Bist du sicher?«, wieder hörte sie Fürsorge in seiner Frage mitschwingen.

Samira nickte.

»Du weißt, ich bin bei dir und ich werde ihnen vor Beginn ein paar Regeln klarmachen.« Er hauchte ihr einen Kuss auf die Stirn und obwohl sie es nicht brauchte, schloss sie die Augen und genoss diese Zärtlichkeit.

»Ich weiß.«

Er roch so verdammt gut. Sein Duft hüllte sie ein und benebelte ihre Sinne.

»Gut.« Sanft legte er ihr einen Arm um die Hüfte, griff nach ihrer freien Hand und führte Samira die nächsten Schritte.

***

Samira hatte es selbst so gewollt. Fast hatte sie Baxter angebettelt, ihr diese Vorführung zu geben. Immer wieder hatte sie mit allen ihr zur Verfügung stehenden Mitteln versucht, ihn von der Richtigkeit ihres Vorhabens zu überzeugen. Er hatte sich lange geweigert auch nur darüber nachzudenken. Bis zu diesem denkwürdigen Tag, als sie Baxter ihre Argumente mehr als deutlich gemacht hatte und sie ihm so das Versprechen abrang, ihr diese Vorführung zu geben.

Immer wieder waren ihm die Bilder Chloes in den Sinn gekommen. Doch Samira hatte ihm versichert, dass es bei ihr anders werden würde. Anders, weil *er* sie vorführen würde. Samira war mehr als zufrieden und glücklich bei Baxter, Harold, Kay und Fiona. Sie liebte es, hier zu sein. Noch nie war sie in ihrem Leben in ihrer Bestimmung und Neigung so aufgegangen, wie in den letzten Monaten. Doch irgendwann fühlte sie, dass etwas am Gesamten fehlte. Das Tüpfelchen auf dem i, die Krönung ihres Daseins. Und dieses i-Tüpfelchen war die Vorführung. Es gehörte einfach zu dem, was sie war.

Nachdem sie Baxter davon überzeugen konnte, dass sie es unbedingt wollte und dass es richtig war, hatte er zugestimmt. Und in diesem Moment führte Baxter sie in den dunklen Ballsaal. Die Gerüche und Geräusche nahm sie dunkel wahr, drangen zu ihr, wie durch ein Seidentuch: gedämpft, aber wirklich. Samira ließ sich auf ihr persönlichstes Abenteuer ein. Und während sie von Baxter zu dem Podest in der Mitte des Saales geführt wurde, dachte sie über den Augenblick nach, an dem sie ihn kennengelernt und wie alles begonnen hatte …

***

»Sind sie auch vor dieser langweiligen Veranstaltung geflüchtet?«

Samira erschrak. Sie hatte sich auf die Treppenstufen im Garten des Anwesens geflüchtet. Es war dunkel, bis auf ein paar Gartenfackeln, die einsame Statuen beleuchteten. Der laue Frühlingswind, die Musik im Hintergrund und die Dunkelheit ließen diesen verkorksten Abend doch noch zu etwas Besonderem werden. Samira war so in Gedanken versunken, dass sie die Schritte auf dem Kiesweg gar nicht gehört hatte. Erst, als der fremde Mann sie jetzt ansprach, bemerkte sie, dass sie nicht mehr allein war. Das, was ihr im Inneren des Ballsaals geboten wurde, war mehr als grotesk gewesen und sie hatte die Gunst der Stunde, den Wechsel ihres Tanzpartners, genutzt und sich vor ihrem Begleiter hier draußen versteckt.

Samira blickte auf, doch in der Dunkelheit konnte sie das Gesicht des Mannes, der vor ihr stand, nicht erkennen.

»Ja.« Samira räusperte sich. »Das ist alles etwas …«

Er vollendete den Satz für sie. »… albern?«

Sie lachte und nickte zur Bestätigung. »Ja, es ist vollkommen albern!« Dann wand sie sich um und warf einen Blick in den hell beleuchteten Ballsaal, in dem sich verkleidete Menschen zu der Musik einer kleinen Kapelle drehten. Es war kein Karnevalsfest, das hier stattfand, sondern das absolut angesagteste S/M-Fest der Upperclass in London.

Vor dem großen Fenster zum Ballsaal blieb er stehen und sah kopfschüttelnd hinein. Dann wandte er sich ab und setzte sich zu ihr auf die Treppe.

»Darf ich mich vorstellen …« – er hatte ein bezauberndes Lächeln – »… Alan Baxter.«

Samira zuckte zusammen. Als Antwort flüsterte sie ihren Namen und als sie sich in ihrem Erstaunen wieder gefasst hatte, sah sie ihn fragend an. »Aber, Sie sind doch …«

Er nickte und grinste schräg. »Richtig, ich bin der Veranstalter dieser eigenartigen Party, und ich verrate Ihnen ein Geheimnis.« Er beugte sich mit verschwörerischer Miene zu ihr herüber. »Ich hasse diese Abende! Aber ich werde von einer dunklen Macht dazu gezwungen, daran teilzunehmen.« Er sagte diesen Satz mit einer Überzeugung, bei der Samira zunächst nicht wusste, welchen Teil der Aussage sie für voll nehmen sollte.

»Nun …«, er lehnte sich zurück, griff in seine Innentasche und holte eine Schachtel Zigaretten sowie ein kleines silbernes Feuerzeug heraus, »die Macht ist nicht wirklich dunkel, sondern meine Frau.« Wieder grinste er. »Aber sie hält es für unabdinglich, dass ich an dem Schwachsinn teilnehme.«

Er seufzte ausgiebig, zog sich eine Zigarette aus der Schachtel und bot Samira eine an. Sie schüttelte den Kopf.

»Ich sollte und darf auch nicht, aber ich hoffe auf Ihre Verschwiegenheit. Fee, meine Frau, reißt mir den Kopf ab, wenn sie mich damit erwischt.« Wieder lachte er und dieses Lachen vibrierte so tief in ihr, dass es eine kleine Welle des Wohlbefindens in ihr auslöste. Sein Gesicht wurde vom Licht des Ballsaals beleuchtet, und obwohl er nicht der erste Mann in ihrem Leben war, hatte sein Aussehen sie sofort für ihn eingenommen. Diese Grübchen um die Mundwinkel, die ihr verrieten, wie gern er lachte. Dieses Blau seiner Augen, das eine gewisse Kühle, aber auch eine gewisse Neugier auf das Leben ausstrahlte. Die kleine Zahnlücke zwischen den Schneidezähnen, die nur zum Vorschein kam, wenn er lächelte.

Samira wurde vor Verlegenheit rot, denn sie ahnte, dass er die Musterung seiner Person amüsiert zur Kenntnis genommen hatte. Und sie schämte sich. So etwas war ihr in ihrem zugegeben recht kurzem Leben noch nicht passiert. Er war wesentlich älter als sie, doch genau in dem Alter, in dem sie Männer zu schätzen wusste.

»Warum sind Sie hier?«, holte er sie aus ihren Gedanken.

»Ich …« Sie begann zu stottern und sein amüsierter Blick lag auf ihr.

»… bin eingeladen worden?«, vollendete er den Satz für sie.

Samira nickte, dann lächelte sie. »Beruflich war ich in den letzten Monaten ziemlich eingespannt, da wollte mir mein Bekannter etwas Gutes tun.« Mit skeptischem Blick sah sie in den Ballsaal.

Baxter grinste schräg. Die Musik hatte sich verändert, war

langsamer geworden und die ersten Pärchen tanzten eng umschlungen. Baxter zündete sich nun endlich die Zigarette an, die er die ganze Zeit in seinen schlanken Fingern gehalten und immer wieder darin gedreht hatte. Das Licht des Feuerzeuges erhellte sein Gesicht und sie sah das Lächeln darin.

»Was hat Sie denn beruflich so eingespannt?« In seiner Stimme lag echte Neugier.

»Ich ...« Wieder begann Samira zu stottern und sie schimpfte in Gedanken auf sich selbst. »Ich habe Prüfungen in meiner Ausbildung und meinem Betriebswirtschaftsstudium abgelegt. Das war ziemlich heftig!«

»Etwa gleichzeitig?!« Baxter nickte anerkennend.

Samira lächelte unsicher.

»Und?« Baxter rückte sich neben ihr zurecht, sodass sie nun Schulter an Schulter saßen. »Haben Sie bestanden?«

Samira nickte. »Mit Auszeichnung!« Sie war stolz auf sich und ihre Leistung, und das durfte auch jeder hören.

»Glückwunsch! Welche Branche?«

»Hotelfach.« Samira versuchte sich nicht anmerken zu lassen, wie sehr sie seine Anwesenheit und Nähe genoss.

»Hotel, aha ...« Er zog an seiner Zigarette und die Glut ließ sein Gesicht kurz rot aufleuchten. »Das ist kein Zuckerschlecken.«

Sie nickte. »Aber das macht mir nichts aus.«

Langsam wurde es kühl und Samira fröstelte. Unauffällig strich sie sich über ihre nackten Arme.

»Oh ...« Baxter richtete sich auf und zog seinen Blazer aus, um ihn ihr über die Schultern zu legen. »Wie unhöflich von mir. Besser?«

Samira lächelte ihn dankbar an. Für einen warmen Ballsaal war ihr knappes Outfit sicher geeignet und passend. Doch hier draußen an der frischen Luft eines Frühlingsabends waren eine Samtkorsage, feine Strümpfe und Stiefel nicht die beste Wahl.

»Fein, dann können wir noch etwas zusammensitzen.« Er trat seine Zigarette aus und sah kurz in die Dunkelheit des Gartens. »Und, was haben Sie jetzt vor? Ich hoffe, ich bin nicht zu neugierig …« Er schenkte ihr ein entwaffnendes Lächeln.

»Nein, sind Sie nicht«, antwortet Samira leise. Allerdings war sie sich selber noch nicht darüber im Klaren. Die Ausbildung war beendet und sämtliche Bewerbungen im Sand verlaufen. Zu allem Überfluss hatte sie auch noch eine langjährige Beziehung beendet. Sie saß in einem Loch, das tiefer als ein Hasenbau war. Wahrheitsgemäß zuckte Samira mit den Schultern. »Erst mal mache ich eine Pause«, sagte sie leise, »um wieder ein wenig Kraft zu sammeln.«

»Sie klingen aber nicht sehr zufrieden«, bemerkte Baxter. »Woran mag das liegen? Eine fleißige, junge und, wie ich bemerken darf, äußerst hübsche Frau wie Sie, dürfte sich doch wohl vor Angeboten kaum retten können, oder?«

Bevor Samira es verhindern konnte, hatte sich eine Träne aus ihrem Augenwinkel gelöst und lief die Wange hinunter.

Sanft wischte er die Träne weg. »Da hab ich wohl in ein Wespennest gestochen.« Sein leises Lachen klang sehr beruhigend für Samira und die kleine Geste nahm sie für ihn noch mehr ein.

»Es gab da noch eine Beziehung …« Sie wunderte sich über sich selbst, denn normalerweise gab sie nicht so viel von sich Preis, weder beim ersten Kennenlernen noch später. Sie wollte keine skeptischen Blicke ernten oder sich dafür rechtfertigen, dass sie so war, wie sie war. Sie trauerte der Beziehung, wie sie es offiziell nannte, wirklich hinterher, denn es war nicht diese typische Beziehung »Frau trifft Mann – beide verlieben sich – beide ziehen zusammen«.

Für Samira war dieses Verhältnis die Erfüllung ihrer Wünsche: Er war ihr Herr gewesen und sie seine Sklavin. Genau das war sie. Draußen vor den Türen zeigte sie sich als junge aufstrebende Karrierefrau und dahinter aber als devote und masochistische Sklavin, die es liebte, sich nackt präsentieren zu müssen.

Ihr Herr war wesentlich älter als sie, genau wie Baxter, bemerkte Samira schmunzelnd. Doch dann dachte sie daran, wie lange das schon zurücklag und wie weh es ihr tat, dass sie diese Art der Lust nicht mehr empfinden konnte.

Zunächst war er nur Gast ihres Hotels gewesen, wie jeder andere auch. Dann kam er andauernd wieder und immer häufiger sprachen sie miteinander. Samira erfuhr, dass er eine Professur an einer der hiesigen Universitäten innehatte. In ihren Gesprächen ermutigte er sie, ein paralleles Studium zu beginnen. Von Anfang an unterstützte er sie wesentlich mehr als andere Studenten.

Samira hatte seine Art bewundert, wie er mit ihr umgegangen war. Höflich, aber bestimmt. Verehrend, aber nicht zu sehr. Dominant, aber nie unüberlegt oder aufdringlich.

Sie verliebte sich in ihren Professor. Ihr erstes geheimes Date hatte sie überglücklich gemacht. Die Gespräche danach offenbarten ihr sein Innerstes und sie stellte fest, dass es genau das war, wonach sie gesucht hatte. In ihren Freundschaften mit Gleichaltrigen hatte sie dieses gewisse Etwas immer vermisst. Auch wenn sie bis dato nicht in der Lage gewesen war, dieses Etwas zu benennen. Ihr Professor hatte es. Er konnte sie führen, in allen Lagen des Lebens. Sie war durchaus fähig, Entscheidungen zu treffen. Doch in einer Beziehung wollte sie dies nicht. Da wollte sie jemanden, der ihr in ihrem Denken ähnlich war, denn oft war sie mit der Art angeeckt, wie sie mit ihren Partnern umgegangen war. Fürsorglich, dienend. Damit konnten diese Jungs nichts anfangen.

Der Professor hingegen wusste es zu schätzen. Schon bald zog sie bei ihm ein und ihr Leben verwandelte sich in das Paradies. Er war nicht nur ihr Liebhaber und Mentor, sondern er dominierte sie. Und Samira vertraute ihm ihr Leben an, legte es in seine Hände. Bei ihm konnte sie sich fallenlassen und endlich so sein, wie sie wirklich war.

Es begann im Kleinen, wie so oft, und sie liebte es, wie der Professor sie an ihre neue Bestimmung heranführte.

Zu Beginn war es eigenartig, dieses lederne Halsband zu tragen. Aber sie tat es für ihn und mit dem Bewusstsein, dass sie sich endlich dahin entwickeln konnte, wie es für sie das Beste war. Dann kam, wie selbstverständlich, seine Forderung: Samira sollte sich, wenn sie beide allein waren, im Haus nur noch nackt aufhalten. Das genoss sie! Seine Blicke auf ihr, wenn sie den Raum betrat, wenn er ihr dabei zusah, wie sie alltägliche Dinge nackt erledigte ... Sie fand es herrlich, wenn er sie für seine Befriedigung benutzte und sie aufforderte, sich für ihn bereit zu halten. In diesen Momenten wurde ihr bewusst, dass sie einfach anders war. Und er liebte sie für das, was sie für ihn tat und was sie darstellte.

Samira seufzte innerlich. Sie vermisste ihren Herrn und das Leben, das sie geführt hatte ...

Baxter hatte Samira in den letzten Minuten beobachtet. »Es *gab* also eine Beziehung, demnach gibt es sie *jetzt* nicht mehr.«

»Genau. Quasi mit der bestandenen Prüfung ...«

Er nickte. »Das ist hart.« Eigentlich kam Baxter sich blöd vor, solche Phrasen von sich zu geben, allerdings fühlte er, dass er Samira damit locken konnte, mehr zu erzählen. Und er behielt Recht.

»Es gab mal eine Zeit, da hab ich so etwas täglich getragen«, sagte Samira leise und blickte an sich hinunter.

Baxter zog erstaunt die Augenbrauen hoch.

»Ich habe in einer D/S-Beziehung gelebt.« Sie klang traurig.

Baxter war sich nun endgültig sicher, in ein Wespennest gestochen zu haben. Eines, das ihm nicht behagte.

»Deshalb finde ich die Veranstaltung da drinnen auch ziemlich ...« Sie machte eine abschätzige Handbewegung.

Baxter verstand. Wenn sie wirklich in einer solchen Beziehung gelebt hatte, dann konnte sie diesen Ball nur als lächerlich empfinden. Er hörte Samiras Erzählungen zu und war über ihre Ansichten mehr als erstaunt. Sie empfand es nicht als Demütigung so zu leben, für sie war es Erfüllung. Ein Umstand, für den Baxter versuchte Verständnis zu finden.

Er besah sich die junge Frau genauer. Ihr dunkles Haar war kunstvoll hochgesteckt und zierte ihren langen Hals, um den sie ein ledernes Halsband mit Metallring trug. Nicht verschämt, sondern sehr offen und anscheinend sehr stolz. Ihre Korsage ließ einen gewaltigen Busen erkennen und eine wunderbar geformte Taille. Baxter lehnte sich kurz zurück und sah beiläufig auf ihren Hintern. Er war schön geformt und herrlich fleischig, so als wartete er nur darauf, mit Spuren gezeichnet zu werden. Baxter schätzte ihre Größe auf ungefähr einen Meter fünfundsechzig. Alles in allem trug sie sicherlich nicht das Modellgardemaß, aber sie war hübsch und strahlte eine wunderbare Wärme aus. Ihre Erscheinung passte zu dem, was sie Baxter über ihre Beziehung erzählt hatte. Es ergab sich für ihn ein stimmiges Gesamtbild.

»Ihr Herr konnte sich glücklich schätzen, Sie gefunden zu haben«, sagte er mit einem aufmunternden Lächeln.

»Anscheinend nicht glücklich genug, sonst hätte er die Beziehung nicht so abrupt beendet«, stellte sie traurig fest.

Darauf konnte Baxter nichts erwidern. Einen Augenblick herrschte Schweigen zwischen ihnen.

»Darf ich Sie zum Tanzen auffordern?«, fragte Baxter. Er hatte sich entschlossen, so schnell und galant wie möglich das Thema zu wechseln und zu seinem Erstaunen nahm sie sein Angebot lächelnd an.

***

Beide betraten den Ballsaal und Baxter hielt kurz Ausschau nach Fee und Kay. Seine Frau und seine Gespielin unterhielten sich angeregt mit einem äußerst affektiert gestikulierenden Herrn. Und Baxter bewunderte Fee noch mehr für ihren Geschäftssinn. Sie mochte diese Veranstaltungen auch nicht sonderlich, konnte sich aber wesentlich besser zusammennehmen, als er. Sie war eine hervorragende Gastgeberin. Wenn man sich jedoch am nächsten Morgen zur Manöverkritik traf, konnte auch seine Frau mit bissigen Bemerkungen um sich werfen. So fand sich dann ein angenehmer Ausgleich für diese Veranstaltungen.

Baxter führte Samira unter den neugierigen und teilweise anzüglichen Blicken einiger Herren auf die Tanzfläche. Die Band spielte einen langsamen Walzer und Baxter war über die Grazie der jungen Frau in seinen Armen sehr erfreut. Sie ließ sich bereitwillig führen und der Anblick, den sie gemeinsam boten, ließ einige der Anwesenden zu Zuschauern werden. Das erste Mal seit Monaten genoss er diese Veranstaltung.

Samira war amüsant, wenn auch in ihrer Traurigkeit zurückhaltend, und eine hervorragende Tänzerin, deren Anblick anscheinend auch die größten Partymuffel erfreute.

Es wurde ein langer Abend.

»Es mag wie eine Phrase klingen«, begann er vorsichtig,

»aber ich würde Sie wirklich gern wiedersehen.«

Samira notierte ihre Telefonnummer auf der Ecke einer Serviette und reichte sie ihm mit einem Lächeln. »Und ich würde mich freuen, wenn Sie es täten.« Damit verabschiedete sie sich.

Baxter ließ den Zettel zwischen seinen Fingern kreisen, als er ihr nachsah, wie sie in ein Taxi stieg und wegfuhr.

»Hübsches Ding.« Fiona war hinter ihn getreten, ohne dass er es bemerkt hatte, und umarmte ihn.

Er nickte sacht. »Ja, das ist sie«, sagte er leise.

»Alan«, seine Frau grinste ihn mit zu Schlitzen verengten Augen an, »du hast doch schon wieder etwas vor ...«

Baxter wandte sich zu ihr um und sein Gesichtsausdruck ließ sie jetzt laut auflachen.

»Wie kommst du darauf?«, fragte er betont unschuldig.

»Weil ich dich kenne?! Und du neuen Dingen einfach zu neugierig gegenüberstehst ... Und weil ich zufällig weiß, dass die junge Dame auf der Suche nach einem neuen Herrn ist.«

Baxter amüsierte sich über ihr triumphierendes Lächeln. »Und du meinst ...« – er zeigte zwischen ihr und ihm mit dem Finger hin und her – »ich denke, dass *ich* dieser neue Herr bin?«

Sie nickte heftig und stellte sich dann auf die Zehenspitzen, um ihn zu küssen. »Ja, genau das denke ich!« Mit einem kecken Lächeln drehte sie sich um und ließ ihn stehen.

»Und wenn ich noch drüber nachdenke?«, rief er hinterher.

Sie schüttelte wissend den Kopf und grinste.

***

Einen Tag später war Samira mehr als erfreut, als sie Baxters Stimme am Telefon vernahm. Voller Ehrfurcht hielt sie ihren Atem an und lauschte, was er mit ihr für ein «Experiment« vorhatte, wie er es nannte, und zur Bedingung machte: Zeitliche

Begrenzung und die Vereinbarung eines einzelnen Wortes, das die ganze Sache zum sofortigen Abbruch bringen würde – egal, von wem es ausgesprochen werden würde. Samira war einverstanden, und kaum hatte sie aufgelegt, war sie sich auch schon sicher, dass es keinen Abbruch zu geben brauchte. Auf jeden Fall würde sie es, wie bei ihrem ehemaligen Herrn, durchziehen. In ihrer neuen Aufgabe könnte Samira vollends aufgehen.

***

Vier Tage später wurde Samira von Kay in Baxters Büro geführt. Als die Frauen eintraten, telefonierte Baxter gerade und bedeutete Samira mit einem Fingerzeig, dort stehenzubleiben. Sie gehorchte und nutzte die Zeit sich umzusehen. Das Büro war geschmackvoll eingerichtet. Historische Möbel, die aber weder protzig noch schwer wirkten, waren zu einem Ensemble zusammengefügt, das einlud, Platz zu nehmen, um wichtige Dinge zu besprechen. Samira war sich sicher, auch nach einer Marathonsitzung in diesem Büro käme man entspannt zum angenehmen Teil des Tages. Sie lauschte dem Telefonat und ihr Blick blieb an dem großen Fenster zur Linken Baxters hängen. Von hier aus hatte man eine hervorragende Aussicht in den prachtvollen Park, den sie in der Nacht des Balls nicht annähernd würdigen konnte.

»Wunderschön, nicht wahr?!« Baxter hatte sein Telefonat beendet, ohne dass Samira es bemerkt hatte, und nun schreckte sie auf. Dann nickte sie. »Ja, traumhaft.«

Baxter lehnte sich zurück. »Du weißt, das hier ist ein Experiment.« Er sah ihr in die dunklen Augen und erkannte, dass Samira versuchte, ihre Freude über dieses Experiment zu verbergen. »Ich halte nicht viel von diesen ›Erziehungsgeschichten‹, wenn ich ehrlich bin. Aber du hast mich neugierig gemacht.« Während er sprach, spielte er mit einem Füller auf seinem Schreibtisch, doch er behielt Samira immer im Blick. »Wenn du zustimmst, dann wirst du hier keine monogame Beziehung haben, das sollte dir von vornherein klar sein«, sagte er. Der Ton in seiner Stimme hatte sich unmerklich verändert, indem er strenger wurde.

Samira nickte, denn sie hatte sich in den letzten Tagen auf diese Reise vorbereitet. Nachdem Baxter sie angerufen hatte, hatte sie zu packen begonnen. Viel war es nicht, aber sie musste sich mit etwas beschäftigen, um ihre Nervosität in den Griff zu bekommen.

»Gut.« Baxter holte Samira aus ihren Gedanken und fuhr mit seinen Ausführungen fort. »Meine Frau«, sagte er und in seinem Gesicht tauchte ein kurzes, zärtliches Lächeln auf, »beschäftigt sich mit der Restaurierung des Anwesens. Ab und an wirst du ihr dort zur Hand gehen.«

Samira nickte kaum merklich.

»Kay bereitet die Bibliothek vor. Wir werden demnächst einige Bücher der Öffentlichkeit zur Verfügung stellen. Im Moment restauriert sie die Exponate.« Er lehnte sich zurück. »Wir leben hier in einer offenen Gemeinschaft oder besser: in einer Spielgemeinschaft.«

Wieder nickte Samira.

»Fee, Kay, Harold und ich, sind nicht nur geschäftlich miteinander verbunden, wir haben auch ein gemeinsames Hobby, welches wir oft und gern miteinander ausleben.«

Samira ahnte, um welches Hobby es sich handelte und in ihr stieg ein leichtes Kribbeln auf. Noch bevor sie es selber benennen konnte, wollte sie Teil dieses Hobbys werden.

»Du wirst zwei Herren haben«, sagte Baxter, »wobei ich das Wort ›Herr‹ nicht aus deinem Mund hören will, verstanden?«

Samira nickte.

»Wir sind hier nicht auf einem Kolonialanwesen. ›Sir‹ reicht vollkommen.« Er räusperte sich und holte tief Luft. »Gut, dann kommen wir nun zu deinen weiteren Aufgaben.« Baxter rückte näher an den Schreibtisch heran und griff nach einem Zettel, auf dem in gleichmäßiger Handschrift einige Punkte vermerkt waren. »Erstens: Du wirst dich um die Zimmer der Bewohner dieses Hauses kümmern. Wenn du das erledigt hast, stehst du Harold zur Verfügung. Das wäre der offizielle Teil. Ich weiß, dass dich das mit deiner Ausbildung nicht ausfüllt, aber sieh es als Praktikum an. Zumal wir in den nächsten Wochen im linken Flügel ein paar Gästezimmer eröffnen wollen. Zusätzlich wirst du meiner Frau Fee und Kay zur Hand gehen, wann immer sie dich brauchen. Handwerker können sehr anstrengend sein.« Genervt zog er eine Augenbraue hoch.

Angespannt hörte Samira ihm zu und wollte nichts von dem, was Baxter sagte, verpassen.

»Zweitens, und nun wird es mehr als privat: Du hast dich vollkommen zu rasieren. Unterwäsche ist tabu, es sei denn, du hast deine Periode.«

Sie nickte. Das Timbre seiner Stimme ließ sie zittern und das, was er sagte und wie er es sagte, jagte ihr Schauer über den Rücken. Dabei war es noch nicht viel gewesen. Aber so hatte sie es sich vorgestellt. Genauso.

»Du wirst dich für Harold und mich zur Verfügung halten. Immer. Das heißt, sobald einer von uns beiden den Raum betritt, wirst du dich umdrehen, dich bücken, deine Beine spreizen und dich bereithalten.«

Wieder nickte sie und versuchte ihren Atem, der schlagartig schneller wurde, im Zaum zu halten.

»Daraus folgt, dass du die Finger von dir lässt, es sei denn, einer von uns befiehlt oder gestattet es dir. Körperliche Züchtigung ist dir nicht fremd, nehme ich an?!« Er sah auf und blickte ihr in die Augen.

Samira schüttelte den Kopf, woraufhin er nickte.

»Drittens: Du wirst ab morgen dieses Halsband tragen.« Er öffnete die Schublade seines Schreibtisches und holte ein metallenes Halsband heraus, das im vorderen Bereich eine größere Öse befestigt hatte. Samira tat einen Schritt vor und griff danach. Es fühlte sich wunderbar glatt und kühl an, und der Verschluss war kaum zu erkennen. So eine Art Schmuck kannte sie. Ihr Professor hatte ihr so etwas verwehrt, nun würde sie doch ein solches Halsband tragen. Stolz erfüllte sie.

»Daraus folgt, dass du keinem der hier anwesenden Männer mehr in die Augen sehen wirst. Du antwortest mit ›Ja, Sir‹ oder gegebenenfalls mit ›Nein, Sir‹.«

Bis jetzt, fand Samira, gab es nichts, womit sie nicht leben konnte.

Baxter lehnte sich in seinem Ledersessel zurück. »Das wären die groben Punkte. Dein Dienst beginnt morgen früh. Bis dahin hast du noch Zeit, dich hier umzusehen und deine Sachen auszupacken. Im Schrank deines Zimmers findest du deine Arbeitskleidung. Dass diese immer ordentlich sein muss, brauche ich dir wohl nicht zu sagen, oder?!«

Sie lächelte und schüttelte den Kopf.

»Hast du noch Fragen?«

Kurz dachte Samira nach und sagte dann: »Nein, Sir.« Sie lächelte über seinen Gesichtsausdruck.

»Daran muss ich mich wohl erst gewöhnen«, grinste er, erhob sich und sagte: »Du kannst dann gehen.«

Sie nickte und verließ das Büro. Vor der Tür lehnte Samira sich an und holte tief Luft. Das war es also. Zumindest für die nächsten Monate. Samira schlug das Herz bis zum Hals und für einen Moment schloss sie die Augen.

»Bist du soweit?«

Erschrocken sah sie auf.

Harold stand vor ihr und lächelte sie an. »Ich zeig dir dein Zimmer.« Er nahm ihren Koffer, der neben der Tür stand, und ging voraus.

Hinter ihm stieg sie die große Treppe in den ersten Stock hinauf und besah sich die alten Bilder und das Panorama, das sich ihr bot, wenn man die Treppe hinunterblickte. Harold ging langsam voraus, damit sie Zeit hatte, sich umzusehen. Immer wieder drehte er sich zu ihr um und lächelte über ihr Staunen. Sie gingen durch lange Flure, die mit schweren Teppichen ausgelegt waren und jeden ihrer Schritte schluckten. Auf einmal blieb Harold stehen und öffnete eine Tür, die kaum zu erkennen war, da sie vollkommen in die Wand integriert war.

»Dein Zimmer liegt unter dem Dach«, sagte Harold und zeigte auf die Holzstiegen hinter der Tür.

Dort führte ein dunkler Gang hinauf und wurde zum beschwerlichen Aufstieg über eine steile ausgetretene Treppe. Harold öffnete Samira die Tür und sie betrat ein sonnendurchflutetes Zimmer, in dem ein großes mit Baldachin bedecktes Bett stand. Zu ihrer Linken waren riesige Fenster in der Art eines Künstlerateliers. Sie boten einen atemberaubenden Blick über den Park und die angrenzenden Ländereien, zu denen in einiger Entfernung auch ein See gehörte.

»Du hast hier oben alles, was du brauchst«, sagte Harold und schloss die Zimmertür. Dahinter kam ein Wandschrank zum Vorschein, den er öffnete und auf die Uniformen, die darin hingen, zeigte. »Deine Arbeitskleidung.«

Aufmunternd lächelte er Samira an. »Dein Dienst beginnt

morgens um halb acht und endet gegen acht Uhr abends. Für die Mahlzeiten haben wir eine Köchin, aber das Aufdecken wirst du übernehmen. Fiona frühstückt als Erste, meist um acht, dann Alan und als Letzte stolpert meist Kay herein.« Er schien darüber nachzudenken, was er ihr als Anweisung noch sagen könnte. »Wir werden heute um halb neun alle zusammen im kleinen Speiseraum essen. Der Rest wird sich morgen finden.« Höflich nickte er ihr zu und ging aus dem Zimmer.

Samira ließ sich auf das Bett fallen. Das war es also, dachte sie zum wiederholten Male. Sie hatte sich in die Hände von Fremden begeben, nur um zu testen, ob sie auch hier dieses Leben, das sie bei ihrem ehemaligen Herrn kennengelernt hatte, fähig war zu leben. Als Objekt. Sie gab sich auf und wurde zum Objekt.

Samira rappelte sich hoch und sah zum Fenster hinaus. Würde sie das wirklich aushalten? Baxter hatte ihr zugesichert, sobald sie sich in ihrer Haut nicht mehr wohlfühlen würde, würde er das Experiment abbrechen und sie könnte gehen. Und nun lag sie in diesem kleinen Zimmer, das für die nächsten Wochen ihr Zuhause sein sollte. Die Aufregung machte sich in ihrer Magengegend bemerkbar und, wenn Samira ehrlich war, nicht nur dort!

Baxters Worte, dass sie sich für ihn und Harold immer bereit zu halten habe, hatte sie erregt. Mehr als das. In ihrer Fantasie versuchte sie es sich auszumalen, wie es sein würde. Sie spürte, wie sie immer feuchter wurde. Galt das Verbot, sich zu berühren, schon heute? Samira kicherte nervös und entschied sich, es für diesen Moment nicht darauf ankommen zu lassen. Sie öffnete ihren Koffer mit den paar Habseligkeiten und begann sie in den Schrank einzuräumen. Neugierig nahm Samira eine der Uniformen aus dem Schrank und betrachtete ihre zukünftige Arbeitskleidung. Im Winter würde sie frieren, so viel stand fest! Das Oberteil bestand aus einer dunkelblauen Samtkorsage, die ihren Busen mehr als nur präsentieren würde. Der Rock war kurz, und als sie ihn sich anhielt, stellte sie fest, dass er gerade mal ihren Hintern bedeckte. So konnte sie nur hoffen, dass im Haus nicht allzu viel Publikumsverkehr herrschte. Zumindest männliche Besucher würden bei ihrem Anblick ihre wachsende Freude vor ihr kaum verstecken können. Breit grinste Samira ihr Spiegelbild an und räumte die Sachen ins Bad.

***

Bald darauf begab sie sich auf eine Tour durch das Haus. Immer wieder berührte sie die schönen Möbel und staunte über die teuren Bilder an den Wänden. Sie schwebte durch die Räume und Flure, und fühlte sich an diesem Nachmittag wie eine Prinzessin. Die Zeit flog dahin, und sie genoss die letzten Sonnenstrahlen auf der Terrasse und im Garten. Es war himmlisch schön hier! Samira war sicher, auch wenn Baxter den Begriff »Herr« nicht hören wollte, so würde er doch ein guter »Herr« sein. Sie sah auf ihre Uhr und es war Zeit, sich zum Essen zu begeben.

Sie ging zurück, und in der Halle hörte sie bereits das fröhliche Lachen ihrer zukünftigen Gespielinnen und die dunkle Stimme Baxters. Alle trafen vor der Tür des Speiseraumes aufeinander. Baxter kam auf sie zu und nahm sie am Arm, um sie in den Raum zu führen. Höflich richtete er ihren Stuhl und schenkte ihr ein aufmunterndes Lächeln. Obwohl sie die Damen erst ein Mal gesehen hatte, fühlte sie sich doch als Teil des Ganzen und so fiel ein Stück der Anspannung, die sie den ganzen Tag in sich getragen hatte, von ihr ab. Trotzdem beobachtete Samira die Anwesenden genau, denn sie wollte an diesem Abend so viele Eigenschaften wie es nur ging, in sich aufsaugen, damit sie in den nächsten Tagen und Wochen so wenig Fehler wie möglich machte. Sie lachte und scherzte, als ob sie schon seit Jahren dazugehören würde und sie war zuversichtlich, dass sie dieses Experiment durchhalten würde.

***

Samira verabschiedete sich als Erste an diesem Abend und zog sich in ihre Kammer unter dem Dach zurück. Sie genoss den Fernblick, den ihr die Panoramafenster boten und ließ ihren Gedanken und Träumen für diese Nacht freien Lauf. Sie legte sich ihre Uniform für den nächsten Morgen zurecht und ging ins Bett. Und da war es wieder dieses Gefühl vom Nachmittag: dieses leichte Kribbeln zwischen ihren Beinen, das sich warm im ganzen Körper ausbreitete. Sie sollte sich bereithalten, immer und jederzeit. Der Gedanke daran erregte sie und sie fühlte, wie sich ihre Nippel leicht aufrichteten. Galt das Verbot schon für heute? Doch bevor sie sich versah, lag ihre Hand zwischen ihren leicht gespreizten Beinen und ihr Finger suchte sich in ihrer warmen Feuchte seinen Weg. Nur nicht zu laut stöhnen, mahnte sie sich, dann würde schon niemand etwas merken. Lustvoll knetete sie ihren Busen und zog den Nippel der einen Seite lang. Samira fühlte ihre Säfte laufen und verteilte sie mit ihrem Finger. Wunderbar weich und vor Lust geschwollen war ihre Spalte. Samira begann ihren Kitzler zu streicheln. Ganz sacht, kaum berührte sie ihn, nur ein Hauch, und ihre Bemühungen an ihrem Nippel ließen ihn noch mehr anschwellen. Sie genoss es langsam und wollte sich nicht gestatten, zu schnell zu kommen.

Es war ihr bewusst, das dies für lange Zeit das letzte Mal sein würde, dass sie über sich und ihren Körper, wenn nicht sogar ihren Geist, selber bestimmen konnte. Und das wollte sie auskosten. Ihre Finger glitten immer tiefer in sie hinein und langsam und genießerisch dehnte sie sich selbst. Ihr Daumen rieb über ihren Kitzler und sie fühlte jede Bewegung bis in ihre Fußspitzen. Samiras Atem beschleunigte sich und die Gewissheit, etwas unter Umständen Verbotenes zu tun, ließ ihr Herz schneller schlagen. Das Kribbeln in ihrem Unterleib hatte jeden ihrer Muskeln erfasst und sie ließ sich zurück in ihre Kissen sinken. Sie bog sich ihren Fingern entgegen, tiefer und heftiger fuhr sie in sich und stellte sich dabei vor, dass Baxter ihr seinen Penis in den Mund stieß, während sich Harold an ihrem Hintern zu schaffen machte. Als hätten ihre Finger ein Eigenleben, schoben sie sich an ihren Hintern und die Feuchtigkeit ihrer Vagina lief in ihre Poritze. Der Nippel schmerzte, ihre feuchte Möse brummte vor Verlangen und nun endlich gestatte sie es sich zu kommen. Samira warf ihr Gesicht in die Kissen und ihre Finger fuhren mit hartem Druck in sie und an ihrem Kitzler entlang. Sie genoss sich und schrie ihre Lust in die Kissen. Schwer atmend kam sie mit einem letzten Lustschrei und sank mit einem Lächeln zurück.

Auf ihrem Bettzeug prangte ein riesiger feuchter Fleck und sie lächelte. Das gerade war der beste Orgasmus, den sie seit langem gehabt hatte. Zufrieden und unendlich müde schlief sie, begleitet von wilden Träumen über ihre Zukunft, endlich ein.

***

Der Wecker holte sie in die Realität zurück. Samira hatte ihn sich etwas früher gestellt, sodass sie sich in Ruhe in ihre Uniform zwängen konnte. Sie duschte und entfernte jedes einzelne Haar an ihrer Scham, wobei sie darauf achtete, dass nicht ein Härchen da blieb, wo es die Natur eigentlich vorgesehen hatte. Nachdem sie den Rasierer zur Seite gelegt hatte und die rasierten Stellen nachfühlte, war es ihr, als streichelte sie einen zarten Po. Zufrieden zog sie sich an und mit einem letzten Blick zur Uhr, begann sie ihren ersten Arbeitstag.

***

Harold erwartete sie bereits in der Küche. Sie trat auf ihn zu und reichte ihm ihr metallenes Halsband.

»Ich konnte es nicht allein«, flüsterte sie.

Mit einem Lächeln legte er es ihr um. Das leise Klicken des Verschlusses war zu hören. Kaum fühlte Samira das kühle Metall auf ihrer Haut, und wie eng der Reif an ihrem Hals lag, wurde sie prompt feucht zwischen den Beinen. Harold trat vor sie und rückte den metallenen Reif in ihre Halsbeuge.

»Passt«, grinste er und ging dann voraus in den kleinen Speisesaal. »Heute werde ich dich noch einweisen, aber ab morgen ist das alles allein deine Aufgabe.« Seine Einweisung war knapp, doch für Samira war es nicht neu, sie würde sich nicht das erste Mal in einem fremden Haushalt zurechtfinden müssen. Diesen Teil ihrer Aufgaben würde sie locker schaffen. Viel eher fieberte sie dem Moment entgegen, zu dem sie sich bereitzuhalten hatte.

Sobald Harold sie allein gelassen hatte, lauschte sie auf das Geräusch sich öffnender Türen. Aber nichts geschah. So verlief ihr erster Tag sehr harmlos. Fast war Samira enttäuscht.

Pflichtbewusst beendete sie ihren Dienst und begab sich früh zu Bett. Obwohl die Arbeit nicht anstrengend war, fühlte sie sich müde und an diesem Abend ließ sie die Hände auf der Bettdecke.

Samira schlief unruhig und am nächsten Morgen war sie wie gerädert. Doch sie war zu sehr Profi, um sich ihre Unruhe anmerken zu lassen. Auch in den nächsten Tagen geschah nichts, für das sie sich hätte bereithalten müssen. Harold und Baxter schienen ihr aus dem Weg zu gehen, oder zumindest wollten sie wohl vermeiden, mit ihr allein in einem Raum zu sein. Die Damen sah sie überhaupt nicht. Es war wie verhext. So verging ihre erste Woche, ohne dass irgendjemand sie auch nur angesehen hätte.

***

An diesem Sonntagabend lag sie in ihrem Bett und langsam ahnte sie, woher ihre Unruhe kam. Sie gab ihren Händen den Befehl über der Bettdecke zu bleiben, doch ihre Hände scherten sich einen feuchten Kehricht um ihre gedanklichen Befehle …

So lag sie bald darauf zufrieden und mit schlechtem Gewissen in ihrem Bett, konnte aber endlich ruhig schlafen.

***

Am nächsten Morgen war sie pünktlich in der Küche. Gut gelaunt und entspannt begann sie ihre Arbeit.

»Samira!« Das war Baxter, und er klang nicht freundlich.

Sofort zog sie den Kopf ein und folgte der Stimme. Er saß in seinem Büro und sein Gesichtsausdruck war grimmig.

»Bück dich über die Sessellehne und mach die Beine breit«, befahl er ihr kurz und knapp.

Sie sah ihn verständnislos an und blieb in der Tür stehen.

»Sofort!!!«, brüllte er.

Erschrocken zuckte Samira zusammen und tat wie er ihr befohlen hatte. Der Rock ihrer Uniform rutschte über den Hintern und legte die blanke Haut frei. Sie spürte, wie Angst in ihr aufstieg. Was hatte sie falsch gemacht?

In diesem Moment trat er hinter sie und fuhr ihr mit den Fingern grob in ihre Spalte. Sie war feucht, wie immer seitdem sie hier war, und er lachte böse.

»Glaubst du eigentlich wirklich, du könntest uns hintergehen?«, fragte er mit drohendem Unterton.

In diesem Augenblick fiel ihr das Vergehen vom Vorabend ein.

»Wir haben Kameras in deinem Zimmer installiert«, sagte er leise und im nächsten Moment traf der Stock ihren Hintern.

Samira schrie auf. Der Rohrstock zischte wieder und wieder durch die Luft und Samira schrie sich die Seele aus dem Leib. Noch nie war jemand so hart zu ihr gewesen. Die Schläge brannten auf ihrem Hintern und Tränen schossen ihr in die Augen, während sie ihre Hände in die Sessellehne krallte und jeder neue Schlag ihr Übelkeit verursachte.

Samira weinte, doch Baxter kannte kein Erbarmen. Laut zählte er jeden einzelnen Schlag auf ihren Hintern mit. Bei dieser Anstrengung keuchte er und nach fünfzig Schlägen ließ er endlich von ihr ab. Samira sank in den Sessel.

»Du hast eine der Regeln nicht befolgt«, sagte er leise, »jedes Mal, wenn du meinst, es dir heimlich besorgen zu müssen, wirst du achtzig Schläge mit dem Rohrstock bekommen. Das hier war nur die Warnung, damit du weißt, was dich erwartet.« Der Stock fiel auf seinen Schreibtisch. Wie betäubt vernahm Samira seine Schritte, wie sie den Raum verließen und wie die Tür danach ins Schloss fiel.

Hemmungslos weinte sie und schalt sich selbst eine Idiotin. Wie konnte sie nur davon ausgehen, dass er die Einhaltung seiner Regeln nicht kontrollieren würde?! Ihr Hintern brannte höllisch. Noch war sie allerdings nicht in der Lage, sich aus diesem Sessel zu erheben und ihren Po zu kühlen. Jeden dieser Schläge hatte sie bis in ihre Zahnnerven gefühlt und die Übelkeit in ihrem Magen war immer noch übermächtig. Wie konnte sie nur so dumm sein?!

Ihr Weinen wurde leiser, doch konnte sie noch immer nicht aufstehen. Sie war so mit sich und ihrem schmerzenden Hinterteil beschäftigt, dass sie nicht hörte, wie sich die Tür öffnete und Harold hereinkam.

»Dummes Ding«, murmelte er und begann die Spuren auf ihrem Hintern mit Eisbeuteln zu kühlen. »Das hier ist dein Experiment, Mädchen. Du wolltest es so, und was richtest du an?«

Samira antwortete mit einem Wimmern.

Er nahm die Packs von ihrem Hintern und begann behutsam eine Salbe auf ihrer Haut zu verteilen. Es kühlte wunderbar und langsam bekam sie ihre Sinne wieder in den Griff.

»Geh dein Make-up kontrollieren und dann komm in die Küche.« Harold ging.

Samira richtete sich erst auf, als sie hörte, wie er die Tür hinter sich schloss.

Ein paar Minuten brauchte Samira noch, um sich zu sammeln, dann folgte sie Harold in die Küche. Sie wagte es nicht, den Kopf zu heben und nahm die Arbeit wieder auf, die sie vor ihrer Strafe begonnen hatte. So werkelten beide einige Zeit vor sich hin, bis Harold die Köchin hinausschickte.

»Bück dich und lass mich nach deinem Hintern sehen«, raunte er.

Sie tat, was er sagte und bückte sich über den hölzernen Tisch, an dem sie gerade das Geschirr für den Lunch vorbereitete. Er trat hinter sie und strich über die geschundene Haut, dann ließ er seine Finger prüfend in ihre Spalte gleiten.

»Immer noch feucht«, bemerkte er und lachte leise.

Mit seinem Bein schob er ihre Beine auseinander. Kurz darauf hörte sie es rascheln und mit einem heftigen Stoß fuhr er in ihre überlaufende Vagina. Samira stöhnte auf. Harolds Schwanz füllte sie vollkommen aus und ihre gepeinigte Haut auf ihrem Hintern brannte leicht, wenn er sie dort berührte.

»Hat sich der Fick gestern wenigstens gelohnt?«, fragte er mit süffisantem Unterton.

Samira schüttelte den Kopf. Sie war nicht fähig, zu sprechen. Zu sehr war sie damit beschäftigt, ihn in sich zu spüren. Auch wenn die Schläge von Baxter hart und sehr schmerzhaft gewesen waren, sie war dadurch noch feuchter geworden, als sie es eh schon war.

Harold bewegte sich langsam in ihr und sie spürte jeden seiner Stöße bis an ihre Grenzen. Sie schloss die Augen und genoss die Stöße. Er legte ihr einen Finger über die Klit und seine Bewegungen in ihr genügten ihr, um lauthals zu kommen.

»Hey«, Harold lachte laut auf, »viel zu schnell.«

Ihr Orgasmus beflügelte ihn und er stieß noch ein paar Mal heftig in sie. Ein zufriedenes Grunzen sagte Samira, dass er sich in ihr erleichtert hatte. Für einen Moment wippte Harold noch in ihr, dann tätschelte er ihren Hintern und entließ sie aus seiner Umklammerung.

»Das sollte fürs Erste reichen«, grinste er sie an.

Samira erhob sich, zupfte ihre Uniform zurecht. »Darf ich mich sauber machen?«, fragte sie und er nickte. Mit gesenktem Kopf beeilte sie sich, hinaus zu kommen, denn sie spürte, wie seine und ihre Säfte bereits aus ihr herausliefen. Von daher rannte Samira die Treppe zu ihrer Kammer hoch und noch während sie in dem dunklen Aufgang die steile Stiege hochkletterte, öffnete sie bereits ihre Korsage. Möglichst schnell wollte sie wieder unten sein. Noch eine Verfehlung würde sie sich heute nicht leisten dürfen.

Nach einer heißen Dusche und einer neuen Portion Salbe auf ihrem malträtierten Hintern, begab sie sich zehn Minuten später wieder nach unten.

Baxter sah sie den ganzen Tag nicht mehr, was ihr auch sehr recht war, denn so konnte sie sich in ihr Selbstmitleid über die Härte ihrer Strafe flüchten. Samira fühlte sich nicht nur ungerecht behandelt, sondern auch unbeachtet. Aus diesem Grund sah sie ihre Handlung der letzten Nacht als gerechtfertigt an. Ihr Trotz wuchs im Laufe des Tages, und als sie sich am Abend ihre Striemen auf ihrem Hinterteil ansah, wuchs er ins Unermessliche.

Sie pflegte die roten Streifen auf ihrer Haut mit der gleichen Salbe, die schon Harold verwendet hatte und hoffte, dass nicht alle sich in blaue Flecke verwandeln würden.

Als Samira ins Bett ging, zog sie sich die Decke über den Kopf. Aber schlafen konnte sie nicht. Eine Mischung aus Wut, Trauer und Trotz hatte sie zu sehr aufgewühlt. So fand sie lange Zeit keine Ruhe in dieser Nacht.

***

Sie dämmerte vor sich hin, als ein Geräusch sie aufschrecken ließ. Etwas, oder vielmehr jemand, polterte die steile Stiege zu ihrem Zimmer hinauf und dieser Jemand gab sich keine Mühe, sein Kommen zu verheimlichen. Schwere, laute Schritte donnerten auf jeder Stiege.

Samira setzte sich ruckartig hin, als die Tür mit einem Knall aufflog. Baxter stand im Türrahmen. Betrunken. In der einen Hand den Rohrstock, in der anderen eine halbleere Flasche. Er sah zum Fürchten aus. Sein Hemd hing aus der Hose, der Binder baumelte halb geöffnet um seinen Hals, das Haar war zerzaust. Samira erschrak und zog sich schützend die Bettdecke bis zum Kinn, wohl wissend, dass dies keinen Schutz vor dem betrunkenen und anscheinend wütenden Mann dort im Türrahmen bieten würde. Für einen Moment starrte Baxter sie an, dann stieß er sich grunzend aus dem Türrahmen ab und torkelte durch den Raum auf das Bett zu. Mit einem Geräusch, das Samira nicht einordnen konnte, lehnte er am Bettpfosten und brütete vor sich hin.

»Tu das nie wieder«, lallte er nach kurzer Zeit und stieß sich ab. Der Rohrstock fiel auf den Boden und die Flasche landete wackelnd auf dem Nachttisch, um kurz darauf ebenfalls auf den Boden zu knallen, wobei der restliche Inhalt sich sofort verteilte.

Baxter schwankte und begann an seinem Hemd herumzuzupfen, doch das Kleidungsstück sperrte sich und so riss er es einfach auf. Samira hielt sich immer noch die Bettdecke unter das Kinn und beobachtete ihn ängstlich. Er grummelte vor sich hin und irgendwie schien es ihr, als würde er mit jemandem, der nicht in diesem Raum war, diskutieren. Baxter hantierte an seinem Gürtel und bekam er ihn erstaunlicherweise auf. Die Hose rutschte über seine Hüften und hing um seine Füße, als er sich auf die Bettkante setzte.

Samira war unter ihrer Bettdecke hervorgehuscht, flink aus dem Bett gestiegen und kniete nun vor ihm, um seine Schuhe zu öffnen und auszuziehen. Die Socken folgten. Vorsichtig zog sie an seinen Hosenbeinen, immer unter den betrunken skeptischen Blicken Baxters. Schuhe samt Socken schob sie ordentlich neben das Bett, erhob sich und faltete seine Hose zusammen. Dann ging sie ins Bad und kam mit einem Handtuch wieder, um den Alkohol aufzuwischen.

Baxter hockte auf der Bettkante und rührte sich nicht, sondern sah ihr nur dabei zu. Samira kam zurück zu ihm und mit sanftem Druck sorgte sie dafür, dass er sich hinlegte. Er schnaufte unwirsch, doch er ließ sich von ihr zudecken. Sie selber stieg ohne ein weiteres Wort über ihn und legte sich neben ihn unter die Decke.

Mit verschleiertem Blick sah Baxter sie an, griff dann an ihr Nachthemd und knöpfte es auf. Ihr großer Busen breitete sich in ihrem Ausschnitt aus und er langte nach der sich ihm bietenden Pracht. Langsam kam er mit seinen geöffneten Lippen näher. Der warme Atem auf ihrer Haut ließ ihren Nippel schnell hart werden. Als er diesen mit seinem Mund umschloss und daran zu knabbern und saugen begann, durchfuhr dieses Gefühl ihren ganzen Körper. Sie hoffte, nein, sie wünschte sich, dass er es als Beginn ansah, doch Baxter machte keine Anstalten ihren Körper weiter zu erkunden. Er hielt ihre Brust fest umklammert und seine Lippen lagen weiter um ihren Nippel, während sein Kopf in ihre Arme sank. Er lag an ihrer Brust und sie hielt ihn wie ein Kind, das gestillt wurde.

Samira war vollkommen verwirrt, aber sie genoss diese Zärtlichkeit, so seltsam sie auch war. Samira atmete seinen Geruch aus Tabak und Alkohol, hörte seinen gleichmäßigen Atem und nach ein paar Minuten war er an ihrer Brust eingeschlafen. Aber er machte keine Anstalten, ihren Nippel aus seinem Mund zu entlassen. Nun konnte sie erst recht nicht mehr schlafen. Umständlich schob sie sich ein Kissen in den Nacken und versuchte, es sich einigermaßen bequem zu machen. Immer wieder nuckelte er im Schlaf an ihrer Brust und verhinderte so, ein Abklingen ihrer Erregung. Sie seufzte leise.

Aber sie verstand nun auch, was geschehen war … Baxter liebte es, Frauen mit seinen Schlägen zu locken. Dass er sie heute für ihr Vergehen bestrafen musste, ging ihm gegen seine Einstellung, keine Gewalt an Frauen zu begehen. Er musste den ganzen Tag getrunken haben, um so sein Gewissen zu ertränken. Mit der Tatsache, dass die Strafe in einer solchen Beziehung dazugehörte, konnte er anscheinend nicht umgehen. Samira dachte nach. Sie ahnte, dass sie ihm erklären musste, dass gerade wenn er ihr wehtat, er ihr näher war, als ihr eigenes Leben. Und sie wusste, wie sie es handhaben sollte, damit er diese Zweifel ablegen und das »Experiment« zum Gelingen bringen konnte.

***

Baxter schlief immer noch seinen Rausch aus, als Samira bereits fertig angezogen und bereit für die tägliche Arbeit die steile Stiege hinunterging. Die Nacht war grausam gewesen, denn Baxter hatte sich immer nur kurz von ihrem Nippel gelöst, um ihn dann wie ein Schlafwandler wiederzufinden und dann weiter daran zu saugen und zu knabbern. Sie konnte nicht glauben, dass er dabei schlief. Doch jedes Mal wenn sie nachschaute, bestätigte sich, dass es tatsächlich so war.

Samira fühlte sich wie gerädert und bezweifelte, dass sie den Tag ohne längere Pause überstehen würde. Bevor sie die Küche betrat, seufzte sie tief, dann bereitete sie das Frühstück für die anderen Bewohner vor und machte auch eins für Baxter auf einem Tablett fertig: ein richtiges Katerfrühstück. So beladen ging sie zurück in ihre Kammer. Baxter duschte gerade, so hatte Samira Zeit für ihre Vorbereitungen.

Sie kleidete sich aus und wartete. Irgendwann stand er in der Tür des kleinen Badezimmers und trocknete sich ab. Staunend sah er auf sie herunter. Nackt kniete Samira vor ihm, den Kopf gesenkt und in den Händen hielt sie einen Rohrstock, den sie ihm mit offenen Händen präsentierte.

»Was wird das?«, fragte er verwirrt.

»Ich habe meinem Herrn Kummer bereitet«, sagte sie leise, »und das muss bestraft werden.«

Baxter stutzte und zog eine Augenbraue hoch. »Hat dir das gestern nicht gereicht?«, brummte er und ging an ihr vorbei.

»Nein!« Sie blieb, wo und wie sie war, ihre Stimme klang fest und ließ bei ihm keinen Zweifel aufkommen, dass sie meinte, was sie sagte.

»Dann musst du dir einen anderen Herrn suchen, ich kann das nicht.«

Baxter setzte sich auf die Bettkante und blickte auf ihren Rücken, wo er die Spuren vom Vortag auf ihrem Hintern erkannte, die an einigen Stellen bereits in blaue Flecke übergingen. Für seine Tat schämte er sich.

Entschlossen erhob Samira sich, legte den Stock aber nicht aus der Hand. Langsam ging sie auf ihn zu, wohl wissend, dass er der Pracht ihres Körpers nicht widerstehen konnte.

»Ich kenne das nicht anders«, sagte sie leise zu ihm. »In meiner letzten Erziehung gehörte die Strafe dazu und wenn ich gut war, wurde ich belohnt.«

Er sah zu ihr auf. Ihre Brüste lagen verführerisch vor seinen Augen, ihr Brustkorb hob und senkte sich gleichmäßig und ihre Hüften waren zum Greifen nahe.

»Das verstehe ich nicht … Was soll das heißen: wenn du gut warst?« Unmut lag in seiner Stimme.

Vor ihm ging Samira auf die Knie und legte ihre Hände auf seine nackten Beine.

»Ich war Eigentum meines Herrn«, begann sie leise, »und ich war es freiwillig. Ich wollte es so, wollte, dass er seine Launen an mir auslässt, wollte fühlen, wenn etwas gut war oder wenn ich etwas falsch gemacht hatte. Wir spielten die gleichen Spiele, die du mit Fiona und Kay spielst, aber bei uns kam noch die psychische Ebene hinzu. Diese Spiele fochten wir vierundzwanzig Stunden sieben Tage in der Woche aus. Ich war sein Spielzeug und ich wollte es sein, weil ich ihn liebte und weil ich wusste, er ist es wert.« Samira konnte verstehen, dass es für Baxter schwer nachzuvollziehen war, was sie empfand und vor allem, dass sie genauso für ihn empfinden wollte.

»Ich bin dein Eigentum, bei diesem, wie du es nennst: ›Experiment‹. Und wenn ich dir Kummer bereite, dann musst du mich dafür bestrafen.«

Jetzt endlich sah sie ihm in die Augen und Baxter erschrak. Hatte er bis jetzt angenommen, dass diese Sache für sie genauso neu und unbekannt sei, wurde er soeben eines Besseren belehrt. Verstehen konnte er es immer noch nicht. Aber er fühlte eine Veränderung an sich. Der Gedanke, sie zu bestrafen, begann ihn zu erregen.

Sie reichte ihm den Stock und stand auf, um sich über einen Stuhl zu legen und ihm ihr Hinterteil zu präsentieren. Baxter folgte ihr und stellte sich hinter sie. Er konnte es nicht fassen, aber der Gedanke, sie jetzt und hier für etwas zu bestrafen, dass ihm Sorgen bereitete, dass eigentlich nur sein Problem war, ließ seinen Schwanz anschwellen. Sacht strich er mit dem Stock über ihre Pobacken. Samira spannte ihre Muskeln an und erwartete den ersten Schlag.

»Wie viele?«, fragte Baxter, denn er war sich nicht sicher, ob er das Strafmaß bestimmen sollte.

»So viele wie du meinst, dass sie ich verdient habe, um die Sache für dich erträglicher zu machen«, flüsterte Samira.

»Und woran sehe ich, dass du es gut gemacht hast?«, presste Baxter die Worte zwischen seinen Lippen hervor.

Samira lächelte und hob kurz den Kopf. »Das wirst du schon selber spüren.« Damit lehnte sie sich über den Stuhl und erwartete ihre Strafe.

Baxter trat zurück, sah auf den Stock in seiner Hand und seinen aufgerichteten Penis. Für einen Moment schloss er die Augen, dann schlug er zu. Samira zuckte nur kurz, gab aber keinen Laut von sich. Wieder zog der Stock seine Spuren über ihre Haut, aber sie hielt still. Baxter wurde mutiger und die Schläge prasselten auf ihren Hintern, bis zu dem Augenblick, an dem sie laut aufschrie, weil sie es nicht mehr aushielt. Er hatte bei dreißig aufgehört zu zählen. Es war ihm unbegreiflich, wie sie die harten Schläge aushalten konnte und noch unbegreiflicher war ihm, dass sich seine Erregung ins Unermessliche gesteigert hatte. Er ließ den Stock fallen und ging hinter ihr in die Knie.

»Braves Mädchen«, flüsterte er, als er ihr zwischen die Beine griff, um ihre Feuchte zu spüren. Samira seufzte leise und spreizte ihre Beine noch ein wenig mehr.

»Bekomme ich nun meine Belohnung?« Ihre Stimme war nur ein Hauch in Erwartung dessen, was er nun tun würde. Baxter antwortete nicht, sondern stieß hart in sie. Er griff nach ihren Brüsten und massierte und knetete sie fest, als er immer wieder in sie fuhr. Samira stöhnte laut auf, wenn er ihre Nippel lang zog, und ihr Körper schickte eine Welle der Feuchtigkeit nach der anderen aus ihrer Lustgrotte auf den Weg hinaus. Wie ein Wahnsinniger stieß Baxter in sie und mit jedem Stoß dachte er, dass sie es so wollte, und diese Gedanken brachten ihn schier um den Verstand.

»Leg den Finger auf deinen Kitzler«, befahl er ihr keuchend.

Samira lächelte. Sie tat wie er ihr befohlen hatte. Seine Stöße in ihr bewegten ihren Finger und ihre Klitoris schwoll an. An ihren Brüsten hielt er sich fest und nutzte sie als Stütze. Seine Bewegungen wurden schneller und Samira fühlte, dass er nicht mehr lange brauchen würde, um in ihr zu explodieren. Sie zog ihre Muskeln ein-, zweimal geschickt zusammen und er kam in ihr. Seine Stöße kamen kürzer und sie fühlte, wie seine Flüssigkeit bis an ihre Muskeln lief. Glücksgefühle durchströmten sie und kurz darauf erlaubte er ihr, nun auch zu kommen. So sollte es sein, so wollte sie es haben, dachte sie zufrieden und sank mit einem lauten Seufzer auf ihren Stuhl.

Keuchend beugte er sich über sie, wobei seine Hände noch immer auf ihren Brüsten lagen.

»Du willst also«, keuchte er ohne Atem, »dass ich dir nur im Kommandoton gegenübertrete, dir absolut keine Wahl lasse und dich wie einen Hund halte?«

Sie lachte. »So ähnlich, ja.«

Baxter nickte und sein Schweiß tropfte von seiner Stirn auf ihren Rücken. »Gut.« Er entfernte sich aus ihr. »Dann werden wir mal sehen, was wir für dich tun können.« Er lachte leise und ging ins Bad.

Vorsichtig erhob Samira sich und nahm eine Salbe aus der Schublade ihrer Kommode. Sie trug sie auf und begann dann ihre Sachen zusammenzusuchen, als Baxter aus dem Bad kam.

»Warte«, sagte er und hielt sie fest.

Wie es sich für sie gehörte, mied sie seinen Blick. Doch er hob ihr Kinn an und zwang sie so, ihn anzusehen.

»Deine Regeln für dein Leben hier kann ich bis zu einem bestimmten Grad akzeptieren und ich denke, auch durchführen.« Während er sprach, blickte er ihr in die dunklen Augen und fühlte, wie sich Zuneigung für dieses seltsame Mädchen in ihm breit machte. Dann lächelte er sie zärtlich an und sagte: »Aber es wird Momente geben, in denen ich bestimme, wann diese Regeln etwas abgeändert werden.«

Erstaunt sah ihn an.

»Und jetzt ist so ein Moment.« Er beugte sich zu ihr herunter. Ihre Lippen trafen sich zu einem Kuss, den Samira so schnell nicht vergessen würde. Vollkommen verwirrt und außer Atem ließ er sie zurück. »Ich werde dir geben, was du brauchst, auch wenn ich es nicht verstehe. Aber ich werde mir nehmen, was *ich* brauche und wenn es nur das Gefühl ist, dich so zu sehen, wie du bist.«

Samira blickte ihn verständnislos an.

»Auch wenn es den Anschein haben mag, dass ich dich nur

als Objekt wahrnehmen werde« – er strich ihr eine Haarsträhne aus dem Gesicht, während er sie hielt – »will ich dir doch ab und an zeigen, dass du mehr für mich bist. Du wirst diese Wertschätzung ertragen müssen.« Baxter grinste schräg und küsste sie erneut. »Damit wirst du wohl in den nächsten Monaten leben müssen.« Er löste sich von ihr, nahm seine Hose vom Bett, zog sich ohne ein weiteres Wort zu sagen an und ging.

Samira lächelte ihm hinterher. Sie fühlte, dass er verstanden hatte, wonach sie zu leben versuchte. Und diese Gewissheit machte sie zufrieden.

***

Die nächsten Tage und Wochen verliefen zu beiderseitigem Gefallen. Samira lebte ihr Leben als Sklavin und ging vollkommen darin auf. Sie hielt sich zur Verfügung und Baxter machte Gebrauch von dieser Möglichkeit, indem er mit ihr spielte und ihren Körper, so wie sie es von ihm wollte, benutzte. Wenn er sie nicht selber vögelte, dann hielt er zumindest kleinere Gemeinheiten für sie bereit, die sie willig und gern für ihn aushielt. War sie nicht einsatzbereit, weil Mutter Natur ihren Tribut forderte, dann wurde sie zur Handlangerin bei seinen und Harolds Spielen an Kay und Fiona. Baxter liebte den Gedanken, dass Samira in ihrer Erregtheit Qualen litt und sie es fast als Strafe ansah, dabei zusehen zu müssen, wenn Baxter und Harold sich an den beiden Damen vergnügten. In Gedanken konnte Baxter beinahe die Feuchtigkeit aus Samira herauslaufen sehen. Aber er belohnte ihre Geduld, die sie in dieser Zeit an den Tag legte, mit besonderen Spielen, die er nur auf sie zurechtschneiderte, sobald sie wieder bereit dazu war.

***

Samira war in Vorbereitungen für einen dieser Bälle, die Baxter so verabscheute, vertieft, als er sie eines Nachmittags zu sich in den geheimen Raum hinter der Bibliothek rief. Sie war noch nie dort gewesen, wusste aber, dass dieser Raum mit allem ausgestattet war, was das masochistische Herz begehrte. Ehrfurchtsvoll betrat sie den nur mit Kerzenlicht beleuchteten Raum. Baxter erwartete sie bereits.

»Fein«, grinste er, »zieh dich aus und dann können wir gleich anfangen.«

Samira wagte nicht zu fragen, womit er anfangen wollte und gehorchte still. Als sie nackt war, winkte Baxter sie zu sich. Er hatte bereits einige Seile in seiner Nähe platziert und als sie vor ihm stand, begann er sie zu schnüren. Ihre Hände band er auf ihrem Rücken zusammen und das Seil, das er dafür benutzte, wand sich um ihre Arme bis hinauf zu den Achseln. Mit einem Lächeln stellte er sich vor sie und prüfte den Sitz des Seiles.

Schweigend fuhr er fort, sie für ihr Spiel zu schmücken und griff nach einem schmaleren Strang, den er zunächst um eine Brust wickelte und dann um ihren Nacken legte, um mit der zweiten Seite genauso zu verfahren. Die Fessel war länger als das erste Seil und er führte es mehrfach unter ihren Achseln hindurch, bevor er es in ihrem Nacken zu einem dicken, verschiebbaren Knoten festmachte.

Von der Decke des Raumes hing ein großer Karabinerhaken, an dem er nun den Knoten befestigte. Samira hatte sich bis jetzt bemüht, ihre Erregung zu verbergen. Doch als er den Knoten am Karabiner befestigte und das Seil an ihren abgebundenen Brüsten zog, war es mit ihrer Selbstbeherrschung vorbei. Sie stöhnte laut auf. Baxter zog an dem Seil und zwang sie so, dem Schmerz zu folgen und sich auf Zehenspitzen zu stellen. Aber es schien ihm nicht genug und bald hing sie ein paar Zentimeter über dem Boden. Ihre Leidensschreie hallten durch den Raum, als ihr der Schmerz in den Brüsten und Schultern beinahe den Atem nahm. Aber noch war Baxter nicht fertig mit seinem Kunstwerk. Sogleich griff er nach weiteren Seilen, die er ihr um die Oberschenkel und Kniekehlen band. Baxter fasste beide Seile zu einem ähnlichen Knoten zusammen, wie den, welchen sie bereits im Nacken hatte und hängte sie an den gleichen Karabiner. Nun hing sie mit gespreizten Beinen vor ihm und ihre Scham präsentierte sich feucht glitzernd vor seinen Augen. Baxter griff nach einer Fernbedienung und Samira wurde automatisch noch ein Stückchen höher gezogen. Sie keuchte, denn das Bondage lag wie eine Klammer um ihren Brustkorb, aber gleichzeitig erregte sie diese Position auch so sehr, dass es aus ihrer Vagina auf den Boden tropfte. Baxter nahm es mit einem wissenden Lächeln zu Kenntnis.

Vor ihr ging er in Position und sein heißer Atem traf ihre feuchte Spalte. Samira stöhnte laut vor sich hin, als er sie mit seiner Zunge trockenleckte. Mit ihrem vollen Gewicht hing sie in diesen Seilen und die Muskeln ihrer Oberschenkel zuckten bei den zarten Berührungen durch Baxters Zunge. Samira fühlte ihre Erregung bis in den letzten Winkel ihres Körpers.

Baxter trat einen Schritt zurück und betrachtete zufrieden sein Werk.

»Ich habe etwas ganz Besonderes für dich«, sagte er leise und verschwand aus ihrem Blickfeld.

Samiras Atmen tat ihr weh, aber Baxters Ankündigung steigerte ihre Erregung und überlagerte den Schmerz. Im Hintergrund hörte sie Baxter mit einigen Gerätschaften hantieren. Als er wieder vor ihr stand, schob er einen Wagen mit einer seltsamen Vorrichtung vor sich her. Ein Metallkasten, an dessen oberer Seite ein Stab befestigt war und den Baxter nun direkt unter Samira positionierte. Sie sah an sich herunter und beobachtete ihn bei seinem Tun. Er griff neben sich und hielt einen großen Dildo in der Hand, den er auf dem Stab befestigte. Wieder schob und ruckelte er ein wenig an dem Kasten und dann richtete er den Stab so aus, dass der Dildo direkt in sie fuhr. Samira quietschte, denn das Material war kalt und glitschig, aber es nahm ihre Körpertemperatur schnell an und so spürte sie nur noch, wie das Spielzeug sie vollends ausfüllte.

Allerdings schien ihm das nicht genug zu sein, um ihre Qualen zu fördern. Deswegen nahm er zwei kleine Paddel, an deren Enden zwei Kabel herausschauten, die er an den Innenseiten von Samiras Schamlippen befestigte. Die Kabel verband er mit einem kleinen schwarzen Kasten, an dem sich mehrere Schalter und Regler befanden. Samira hörte das leise Klicken der Schalter, als Baxter das Gerät in Betrieb nahm.

Gebannt hielt sie den Atem an. Ganz sacht zunächst, doch dann immer stärker, spürte sie das Kribbeln an ihren Schamlippen. Das war Strom!

Baxter erhöhte den Stromfluss immer mehr und aus dem Kribbeln wurde ein Zwicken und Beißen. Sie schrie laut auf, als er einen der Regler zu weit aufdrehte und der Stromschlag durch ihren ganzen Körper fuhr.

»Ups«, sagte er mit einem entschuldigenden Blick zu Samira, die keuchend in den Seilen hing. Dieses Mal ging er vorsichtiger vor. Wieder begann es mit dem angenehmen Kribbeln, das sie mit einem Seufzer begrüßte. Dann grinste Baxter frech und verstärkte den Stromfluss. Nach einer Weile suchte er anscheinend nach einem für Samira geeigneten Programm zur Stimulierung ihrer Lust, denn er saß in der Hocke vor ihr und lauschte auf ihren Atem. Dieser raste und ihr Stöhnen wurde lauter und kehliger. Irgendwann nickte Baxter zufrieden und betätigte den Schalter an dem metallenen Kasten unter Samira. Langsam begann der Dildo sich auf und ab zu bewegen. Baxter verstellte auch hier einen Regler und das Gerät stieß heftiger in Samira, die vor Lust in ihren Seilen laut vor sich hin stöhnte.

Baxter trat von ihr zurück und besah sich das Schauspiel, wie sie litt und wie die Feuchtigkeit aus ihr herausspritzte. Samira wand sich in ihren Seilen, um der Qual zu entkommen, doch er hatte die Knoten so gebunden, dass sie keinen Spielraum besaß. Im Gegenteil, jedes Mal, wenn sie versuchte, sich von dem Dildo, der in sie fuhr, zu entfernen, hatte diese Bewegung zur Folge, dass er nur noch tiefer und in einem anderen Winkel in sie stieß. Samira kreischte ihre Geilheit laut heraus und Baxter war zufrieden. Bevor er in seinem Sessel Platz nahm, entledigte er sich seiner Hosen. Ihr Stöhnen, ihre Lustschreie hatten bei ihm ihre Wirkung nicht verfehlt. Sein Ständer ragte steil aus dem Sessel hervor und Baxter streichelte sich selber. Noch wollte er nicht vor ihr abspritzen, es lieber noch genießen. Von daher griff er neben sich, um ein Glas goldglänzenden Whiskey zu nehmen und einen Schluck zu trinken.

Samira hing in ihren Seilen und wurde von den eingestellten Programmen der Geräte in den lustvollen Wahnsinn getrieben. Baxter fand, dass sie einen wunderbaren Anblick bot und er besser als jedes Spiel war, dass er bis heute gespielt hatte.

Immer wieder trieben die Programme ihre Spielchen mit Samira, wurden heftiger, oder verlangsamten sich in ihrer Intensität. Das Gefühl für Zeit und Raum hatte Samira vollständig verloren und hatte aufgehört zu zählen, wie oft sie bereits gekommen war. Ihre Muskeln zuckten vor Erschöpfung und ihr Stöhnen war nur noch ein raues Röcheln, als Baxter sich endlich erbarmte, die Maschine und den Strom abzustellen.

Er zog den Dildo aus ihr heraus und sie spritze ihn aus

ihrer überlaufenden Möse voll. Baxter grinste und griff nach den Schamlippen. Sie fühlten sich weicher an als sonst und er knetete sie leicht. Dann griff er zu der Fernbedienung für die Seile und ließ Samira auf den Boden hinunter. Doch er löste die Fesseln nicht sofort, sondern ging vor Samira in die Hocke und verteilte ihre Feuchtigkeit über ihren Beinen, an ihrer Pospalte und auf ihrem Bauch. Dann führte er seinen Penis an ihre nasse Spalte, während Samira leise vor sich hin wimmerte. Zwar hatte sie ihren Flug unter der Decke mehr als genossen, doch dass er sie nun noch ficken wollte, ließ sie noch mal erschaudern.

Energisch griff Baxter an die Seile und zog Samira so in die für ihn beste Position, um dann langsam in ihren Hintern zu stoßen. Sie schrie auf – das hatte sie nicht erwartet! Es brannte und sie wand sich unter diesem Brennen vor ihm. Doch er zog sie an den Seilen noch näher an sich und bald war sein Ständer vollkommen in ihr verschwunden.

Einen Augenblick verharrte er in ihr und spielte mit ihrem Kitzler, der von der Strombehandlung ungewöhnlich angeschwollen war. Es war ein prachtvoller Anblick, denn ihre Lustspalte war ein Traum rosafarbenen und feuchten Fleisches. Jede kleine Berührung von ihm honorierte sie mit einem leisen Quieken. Die Behandlung schien sie überempfindlich auf Berührungen gemacht zu haben und Baxter fand Gefallen daran, ihr Leiden ein wenig zu verlängern, bevor er heftig in ihre Rosette stoßen würde.

Samira gewöhnte sich im Laufe dieses Spiels daran, ihn in ihrem Hintern zu haben und ließ sich auf die kleinen Zärtlichkeiten an und in ihrer Spalte ein. Zu einem explosionsartigen Orgasmus wäre sie nach dieser Tortour sicher nicht mehr fähig und so konnte sich die warme Erregung langsam vom Unterleib bis in ihren ganzen Körper breitmachen.

Baxter beobachtete sie, wie sie dort mit geschlossenen Augen vor ihm lag und sich die Hitze weiter in ihr ausbreitete. Er folgte jedem noch so kleinem Stöhnen und Seufzer Samiras und verstärkte seine Zärtlichkeiten an ihr. Ihren Hintern konnte sie nicht mehr ruhig halten und die Bewegungen auf seinem Ständer verfehlten ihre Wirkung nicht. Als Samira sich in ihren letzten Orgasmus ergab, liefen ihr die Tränen aus den Augen und Baxter verlängerte ihr vermeintliches Leiden durch seine heftiger werdenden Stöße in ihrem Hintern. Nun hielt er sich nicht mehr zurück, fühlte ihre Wärme, wie sich ihre Muskeln langsam und gleichmäßig zusammenzogen, fühlte, wie seine Hoden von ihrem Hintern gestreichelt wurden und wie sie seinen Orgasmus somit aus ihm heraussog.

Baxter beugte sich über sie, um wieder zu Atem zu kommen. Schweiß tropfte von seiner Stirn auf ihre abgebundenen Brüste, die mittlerweile eine seltsame Farbe bekommen hatten. Baxter richtete sich auf und zog seinen Schwanz aus ihr heraus, dann begann er vorsichtig, die Seile und Fesseln von ihr zu lösen.

Mit einem warmen und duftenden Öl massierte er ihre Handgelenke und Oberarme, die fast blau angelaufen waren, um die Blutzirkulation wieder in Gang zu bringen. Mit ihren Brüsten ging er ähnlich vor. Doch hier ließ er sich mehr Zeit, um die gereizte Haut zu pflegen.

Samira wimmerte leise vor sich hin. Jede Berührung von ihm ließ die Erregung erneut aufflammen. Ein Umstand, den sie nie für möglich gehalten hatte. Aber Baxter interessierte sich nicht für sie in diesem Moment, nur ihre Brüste waren für ihn wichtig und er bestaunte das Farbenspiel ihrer Haut, als sich das dunklere Blut mit dem frischen helleren in ihren Adern und Venen vermischte.

Er säuberte sie und sich und hob sie dann in seine Arme, um sie in das Nachbarzimmer zu tragen. Die Bettdecken waren aufgeschlagen und er legte sie auf das mit weißer und gestärkter Wäsche bezogene Bett. Ihre dunklen, langen Haare ergossen sich über die Kissen und als er sie zudeckte, krümmte sie sich darunter zusammen wie ein kleines Kind. Er legte sich neben sie und hielt sie in seinen Armen. Mit dem Finger fuhr er die Abdrücke der Seile nach und sie seufzte leise. Einen Augenblick später war sie eingeschlafen. Zärtlich küsste Baxter sie auf ihre Haare.

»Das hast du dir auch verdient«, flüsterte er und schloss ebenfalls für ein paar Minuten die Augen. Es war anstrengend für ihn gewesen, ihr bei dieser Tortur zuzusehen und sein bewusstes Zurücknehmen hatte mehr von ihm abverlangt, als er erwartet hatte.

***

Samira erwachte in der Dunkelheit und war allein. Sie rekelte sich zwischen den Laken und als sie versuchte sich zu strecken, taten ihr sämtliche Gelenke weh. Das war es wert gewesen, dachte sie und lächelte in sich hinein. So etwas hatte sie noch nie erlebt! Es war eine wundervolle, intensive Erfahrung.

Bis zum heutigen Tag hatte sie ihre Lust häufig über ihr Sklavendasein definiert. Das hier war etwas vollkommen anderes gewesen. Hier war nur sie Hauptperson, aber mit einer Leidenschaft für ihren Körper, die ihr bis dato fremd gewesen war. Schmerz hatte sie bis heute immer nur über Schläge erfahren. Sie griff an ihre Brüste und massierte diese leicht. Immer noch waren an ihren Brüsten die Striemen der Fesseln und die Folgen des Abbindens zu sehen. Samira spielte mit ihren aufgerichteten Nippeln und ließ sich in die Erinnerung dieses Nachmittags fallen. Jede einzelne Minute versuchte sie noch einmal in sich aufzusaugen. Wäre ihr Körper nicht so erschöpft gewesen, sie wäre sicherlich bei dem bloßen Gedanken an ihre wundervolle Tortour noch ein Mal gekommen.

Verträumt sah sie in die Dunkelheit hinaus. Würde dieser Nachmittag etwas an ihrem Status hier verändern? Nur ungern wollte sie ihn aufgeben. Trotz allem fühlte Samira sich als Sklavin ihres Herrn, und gerade jetzt besonders intensiv. Sie war Baxter dankbar dafür, dass er ihr ermöglichte, diese Erfahrung zu machen. Und dass er diese Erfahrung mit ihr geteilt hatte, bestätigte seine Aussage von vor ein paar Tagen, nämlich, dass er sie für etwas Besonderes hielt. Lächelnd schlief Samira wieder ein.

***

Ihre Befürchtungen der Nacht, sie könnte ihren Status verloren haben, bewahrheiteten sich nicht. Es blieb so, wie sie es vereinbart hatten. Noch immer besaß Samira ihre offiziellen Aufgaben und unterstützte Fiona bei der Planung des nächsten Events. Betraten Baxter oder Harold den Raum, drehte sie sich um und präsentierte sich. Der Gedanke, immer bereit zu sein, hielt sie in einer Grundgeilheit, sodass sie den Männern immer eine feuchte Spalte präsentieren konnte. Es war für die beiden anderen Frauen kaum zu fassen, aber Samira liebte es, so zu leben. Diskussionen darüber ließ sie nicht zu und erstickte diese mit einem Lächeln und Kuss auf die Wange der entsprechenden Frau sofort im Keim.

»Es ist richtig so«, pflegte Samira zu sagen und keiner konnte bei ihrem glücklichen Gesichtsausdruck annehmen, dass dem nicht so war. Samira *war* glücklich und ging in ihrer Aufgabe und ihrem Leben vollends auf.

***

Der nächste Ball kam und Samira hatte sich an Fionas Seite

gestellt. Als Co-Organisatorin wollte sie ihrer Chefin bei diesem Unternehmen beiseite stehen. So konnte sie den ganzen Abend über das Geschehen einigermaßen neutral beobachten. Baxter hatte den Damen neue Korsagen und Outfits spendiert. Sie trugen nun alle ähnliche Kleidungsstücke und waren so für die Gäste als Teil des Hauses gut zu erkennen.

Baxter stahl sich, mit einem schrägen Grinsen zu Samira, irgendwann aus dem Raum und sie ahnte, wo er sich lieber aufhalten würde. Harold übernahm die Rolle des Gastgebers und spielte sie perfekt. Diesen Ball von einem anderen Standpunkt aus zu beobachten, gefiel Samira sehr und sie lauschte auf die Gespräche der Gäste.

Fiona und Kay unterhielten sich in einer kleineren Gruppe, in der sich einige verwegen gekleidete Herren sichtlich um die beiden Frauen bemühten. Doch die Männer prallten mit ihren verdeckten Anzüglichkeiten bei den Freundinnen ab. Samira amüsierte sich köstlich über die Versuche der Herren, sich bei den Damen in Szene zu setzen. Fiona hatte die Abfuhr für die Herren bereits perfektioniert und jeder, der versuchte, ihr eine Aufwartung zum Spielen zu geben, machte eine unelegante verbale Bauchlandung, ohne sich dessen zunächst bewusst zu sein.

Während Samira an ihrem Glas nippte, nahm das Gespräch eine für sie interessante Wendung. Sie versuchte nicht allzu interessiert auszusehen, aber im Verlauf dieser Unterhaltung stieg ihre innere Unruhe. Unauffällig stellte sie sich neben die Gruppe und spitzte die Ohren.

»Vorführungen, liebe Fiona, sind etwas ganz Besonderes. Das Tüpfelchen auf dem i, sozusagen.« Der Mann hinter der venezianischen Maske versuchte gerade der Gastgeberin dieses Thema schmackhaft zu machen, doch Fiona verzog angewidert das Gesicht.

»Vorführungen« – sie lachte leise – »sind nur dazu da, um Gewalt in Sex zu verpacken. Nein Danke, Mortimer, das gehört nicht in unser Repertoire.«

Doch Mortimer ließ sich nicht abwimmeln. »Nun«, lächelte er süffisant unter seiner Maske, »Gewalt ist doch das vorherrschende Thema beim S/M, oder nicht?!«

Samira spürte, wie Fiona kurz davor stand, vor Wut unter die Decke zu gehen und trat einen Schritt näher an sie heran, um ihre Hand zu nehmen. Dankbar lächelte Fee sie an.

»Wissen Sie, Mortimer« – Fionas Stimme hatte sich verändert – »ich weiß nicht, auf welchem toten Material sie für gewöhnlich herumprügeln, aber in diesem Haus gibt es keine Gewalt an Frauen. Weder psychischer noch physischer Natur.« Sie zog Samira noch ein wenig näher zu sich und legte ihr den Arm um die Schultern. »Und dieses kleine, absolut bezaubernde Geschöpf ist der Beweis dafür.« Sie küsste Samira auf die Wange.

Diese errötete unter der allgemeinen Beachtung. Mortimer richtete sich auf.

»Sie sind also die berühmte Sklavin«, bemerkte er mit einem eigenartigen Unterton in der Stimme, der sich Fiona augenblicklich versteifen ließ.

Samira nickte schüchtern.

»Und Sie wollen mir allen Ernstes erzählen, dass Sie hier nicht verprügelt werden?«

Nun hob Samira den Kopf. »Ich werde hier nicht geprügelt!«, sagte sie mit fester Stimme. »Ein Sklavendasein beinhaltet keine Gewalt. Sie müssen da irgendwas verwechseln.« Sie lächelte und verabschiedete sich aus der Gruppe.

Fiona sah ihr mit einem anerkennenden Lächeln hinterher. Bei diesen Bällen hatte sie genug Gelegenheiten gehabt, solche berechnenden Männer zur Genüge kennenzulernen. Sie und Kay waren sich einig, dass es diesen Männern nur darum ging, ihre unverdauten Aggressionen an den Hintern ihrer jeweiligen Partnerinnen abzureagieren. Wobei Partnerinnen in diesem Falle nicht der richtige Ausdruck war. *Es hätten auch Schweinehälften sein können*, dachte Fee in solchen Momenten.

Hinter einem Säulenvorsprung versteckte sich Samira, um sich wieder in den Griff zu bekommen. Sie empfand Mortimer als infamen Menschen, als einen, der es nicht verdient hatte, auch nur in die Nähe einer Frau zu kommen. Diese Arroganz in seiner Stimme hatte sie genauso wütend gemacht, wie Fee es in diesem Moment war. Wie oft hatte sie diese Situationen schon erleben müssen, fragte sie sich selbst. Männer, die nicht verstanden, dass nicht sie die Macht in Form eines Stockes in der Hand hielten, sondern dass es die Frauen waren, die ihnen gestatteten, überhaupt einen Gedanken an die vermeintliche männliche Dominanz zu verschwenden. Wie oft hatte sie auf ihrer Suche Frauen bedauert, die solchen Männern in die Hände fallen würden, und wie froh war sie, gerade jetzt, dass es Baxter gewesen war, der sie gefunden hatte. Er wusste, dass er nur deshalb all diese wundervollen Dinge mit seinen Geliebten vollziehen konnte, weil sie es ihm gestatteten. Nie hätte er eine von ihnen dazu gezwungen. Nie!

Ein paar Minuten brauchte Samira, um wieder zur Ruhe zu kommen, denn solche Männer jagten ihr Angst ein. Sie war erleichtert, dass sie sich unter dem liebevollen Mantel Baxters vor diesen Typen schützen konnte. Nachdenklich nippte sie an ihrem Glas und hoffte, dass der Alkohol sie ein wenig beruhigen würde. Der Champagner kribbelte auf ihrer Zunge und ihre Nerven verlangten nach mehr. Also stürzte sie den Inhalt des Glases hinunter und schüttelte sich. »Das war wohl doch etwas viel auf einmal.« Sie lächelte hustend. Langsam wurde sie ruhiger. Während sie an einer Wand lehnte, besah sie sich die Schar der illustren Gäste. Alle trugen venezianische Masken. Doch einige der Besucher konnte man schon an ihrer Körperhaltung als Stammgäste dieser Veranstaltung erkennen.

In Gedanken versunken bemerkte Samira nicht, dass sie sich vorstellte, ob sie unter den Gästen jene finden könnte, vor denen sie sich vorführen lassen würde. Vorsichtig schätzte sie die Anwesenden ab und nach einer Weile hatte sie gerade mal fünf zusammen, vor denen sie sich präsentieren würde. *Jämmerlich*, dachte sie. Aber immer wieder sah sie sich unter den Gästen um und immer wieder kam ihr an diesem Abend der Gedanke an eine Vorführung.

Vorführung … Was für ein Wort! Aber Samira fand an diesem Wort und dessen Bedeutung im Laufe dieses Abends immer mehr Gefallen. Doch sie kannte auch Baxters Einstellung zu dem Thema. Trotzdem heftete sich dieser Gedanke in die hinterste Ecke ihres Gedächtnisses und ließ sie auch in den darauffolgenden Tagen nicht mehr los.

***

Der Ball war ein voller Erfolg und die fünf Bewohner des Anwesens waren in Hochstimmung. Baxter strotzte nur so vor Ideen, doch leider fiel Samira als Gespielin für die nächsten Tage aus. Wie immer wurde sie in dieser Zeit zur Handlangerin seiner Begierden und wenn sie ihre Arbeit dabei getan hatte, fuhr ihre Fantasie in der darauffolgenden Nacht ihre persönliche sexuelle Achterbahn. Dauerhaft kam ihr der Begriff Vorführung in den Sinn. Sie träumte die wildesten Träume, in denen sie von maskierten Männern und Frauen berührt wurde, in denen Baxter all seine Energie darauf ausrichtete, sie, Samira, im besten Licht dastehen zu lassen. Und alle Träume endeten damit, dass Baxter sie hinaustrug und sich liebevoll um sie kümmerte. In diesen Tagen wurde der Wunsch, selber Teil einer solchen Veranstaltung zu sein, fast übermächtig.

Sicher hatte sie schon davon gehört und sie kannte auch die Geschichte von Chloe. Aber gehörten Vorführungen nicht zum Dasein einer Sklavin dazu? Samiras Herz schlug schneller. Sie hatte Videos von solchen Veranstaltungen gesehen und sie immer als abstoßend empfunden. Allerdings hatte sie auch gesehen, dass viele der Frauen diese Art präsentiert zu werden mehr als genossen hatten. Würde sie eine solche Veranstaltung aushalten? Wie würde sie eine solche Vorführung empfinden? Und die wichtigste aller Fragen: Würde Baxter sie ihr geben?

Leise lachte sie in sich hinein, während sie ihren täglichen Aufgaben nachging. Nein, das würde er nicht tun, nicht Baxter! Was auch immer damals wirklich geschehen war, er würde auf keinen Fall eine derartige Belustigung für gutheißen. Denn er war sich sicher, dass die Frau hier nur als Objekt gehandelt wurde, und das war ihm zuwider.

Doch Samiras Neugier war geweckt und sie träumte sich in diese Situation hinein: Sie auf einem Bock, er mit dem Stock hinter ihr, sie wehrlos ihm und seinem Willen vor Zeugen ausgeliefert …

Samiras Atem ging augenblicklich schneller und ihre Scham schwoll an. Aber wie sollte sie es anstellen, dass er ihr den Wunsch erfüllte? Fragen? Lächerlich. Wie konnte sie ihn in diese Richtung dirigieren, ohne dass sich ihr Herr – sie nannte Baxter im Stillen immer Herr, auch wenn er es von ihr nicht wollte – schlecht dabei vorkam? Sie würde einen Weg finden, um es ihm schmackhaft zu machen. Irgendwie und irgendwann würde sie ihn dazu bekommen, ihr zu geben, was sie sich wünschte …

***

Aufgrund ihres Wunsches keimten in ihren Träumen die wunderbarsten Triebe und es verging keine Nacht, in der Samira nicht davon träumte, von Baxter in einen dieser Räume geführt zu werden, in dem sie bereits mit Spannung erwartet wurde. Sie konnte kaum ihre Finger bei sich halten, auch wenn sie wusste, dass in ihrem Zimmer Kameras zur Überwachung ihrer Selbstbeherrschung installiert waren. Sie warf sich in ihren Träumen hin und her, und jeden Morgen war das Bett ein Zeugnis ihrer Lust und Begierde nach diesem Ereignis. Ihr wurde bewusst, dass sie nicht umhinkam, endlich etwas zu tun. Aber wie sollte sie Baxter dazu bringen, ihr zu geben, wonach sie sich verzehrte? Es reichte ihr nicht mehr, nur Objekt für ihn und Harold zu sein, denn sie wusste, dass bei beiden viel zu viel Zuneigung und Achtung ihrer Person in diesem Spiel dabei war. Baxters Bemühungen, ihr zu zeigen, wie wertvoll sie in ihrer Lust für ihn war, waren ehrenwert, aber es reichte ihr nicht mehr. Samira sah nur eine Möglichkeit ihn davon zu überzeugen.

***

Baxter saß in seinem Büro und blickte missmutig drein. Er mochte es nicht, hinter seinem Schreibtisch zu sitzen und Aktenberge zu wälzen, denn für ihn war es verschwendete Zeit. Aber er wusste auch, dass es sich nicht vermeiden ließ, wenn er sein Leben so weiterleben wollte. Also fügte er sich.

Die Tür wurde geöffnet und Samira kam mit einem Tablett herein. Sie schob die Tür mit ihrem Hintern zu und Baxter war dankbar für diese kleine Ablenkung. Sie schenkte ihm eine Tasse Kaffee ein und stellte sie schweigend neben ihn.

»Danke dir.« Er lächelte, und erst jetzt bemerkte er ihren ernsten Gesichtsausdruck. Die junge Frau ging um seinen

Schreibtisch herum auf einen der großen Sessel zu. Dort begann sie sich auszuziehen. Fragend verfolgten seine Augen sie. Dann holte Samira seinen Rohrstock aus dem Regal, wo er ihn aufbewahrte. Seit diesem denkwürdigen Morgen vor ein paar Wochen hatte er ihn nicht mehr angerührt. In der Mitte des Raumes kniete sie sich vor ihn, den Stock auf ihre geöffneten Hände gelegt, den Blick gesenkt.

Baxter ließ seinen Stift fallen und lehnte sich mit skeptischem Blick in seinen Ledersessel zurück.

Leise sagte Samira: »Ich habe einen Wunsch, von dem ich weiß, dass er meinem Herrn Kummer bereiten wird.«

Baxter zog die Augenbrauen hoch. »Wunsch?« Er stützte sein Kinn auf die Hand und beobachtete Samira eingehend.

Sie nickte, hob aber den Blick nicht. Sie musste sich zusammennehmen, denn diese Position erregte sie mehr, als sie für möglich gehalten hatte.

»Warum lässt du mich nicht entscheiden, ob mir dein Wunsch Kummer bereitet?« Er konnte sich nicht vorstellen, was dies für ein eigenartiger Wunsch sein könnte. Irritiert griff er nach seiner Tasse und nahm einen Schluck Kaffee.

»Ich möchte dich bitten, mir eine Vorführung zu gewähren.« Ihre Stimme war nur noch ein Flüstern.

Die Tasse klapperte laut, als Baxter sie hart auf den Tisch zurückstellte. »Niemals!«

»Bitte«, flüsterte sie.

»Du kennst meine Ansichten dazu!«

Er griff nach seinem Stift und wendete sich wieder seiner Arbeit zu, denn für ihn war das Gespräch beendet.

Doch Samira stand nicht auf, sondern hielt ihm immer noch den Stock hin. Er wusste, sie würde nicht nachgeben. So gab es nur eines.

»Zieh dich an«, sagte er streng, »es wird heute keine Bestrafung, wie du sie erwartest, geben.«

Sie schluckte schwer und sah nun endgültig auf. »Warum?«

»Deine Bestrafung wird sein, dass du ohne körperliche Züchtigung aus dem Zimmer gehen wirst!« Er sah wieder in seine Unterlagen.

»Bitte …«, flehte Samira ihn an.

Doch er schüttelte nur den Kopf. Einen Augenblick blieb Samira noch auf Knien hocken, verwirrt und verstört. Sie hatte ihm Sorgen bereitet, etwas von ihm verlangt, von dem sie wusste, er würde es ihr nie geben, also *musste* er sie bestrafen!

Trotzdem erhob sie sich und zog sich an. Danach legte sie den Stock zurück auf seinen Platz und ging. Vor der Tür blieb sie stehen und atmete tief durch. Es hatte nicht funktioniert, dabei war sie sich so sicher gewesen. Ihre Hoffnung war, sollte sie ihn erst einmal über die Bestrafung auf das Thema gebracht haben, würde sich der Rest ergeben. Falsch gehofft …

***

In den nächsten Tagen mied Baxter Samira und sie akzeptierte es als Teil ihrer Strafe. Sie litt wie ein geprügelter Hund. Nur Harold brachte ihr die Aufmerksamkeit entgegen, die sie brauchte. Aber wenn sie sich für ihn bereit machte, war sie mit ihren Gedanken nicht bei der Sache, und dies entging ihm anscheinend nicht.

»Passt dir meine Größe nicht mehr?«, fragte er eines Nachmittags, als er gerade seinen Penis wieder zurück in seine Shorts schob.

Samira erschrak. Dass sie so abwesend war, war ihr nicht aufgefallen und sie schüttelte beschämt den Kopf. »Nein«, sagte sie leise, »es ist nur …«

Harold lachte leise. »Wenn du glaubst, dass dein Fehltritt

noch nicht bei mir angekommen ist, dann irrst du dich.«

Er machte seinen Reißverschluss zu und besah sich das Häufchen Elend vor ihm. Samira sah ihn traurig an.

»Was ist denn so schlimm daran?« Sie konnte immer noch nicht verstehen, warum ihr Baxter aus dem Weg ging.

Harold zuckte mit den Schultern. »Du kennst die Geschichte. Und ich kann dir sagen, es war wirklich so schlimm, wie er es schildert. Du kannst nicht verlangen, dass er das einfach beiseiteschiebt.«

Er küsste sie auf die Wange und ging. Samira huschte hinüber in das kleine Bad und reinigte sich schnell, dann begab sie sich wieder an ihre Arbeit. Es war alles so zur Routine geworden, dass sie wirklich kaum noch bemerkte, wann sie von Harold bestiegen wurde. Baxter fehlte ihr. Sie gab sich einen Ruck und warf ihr Geschirrtuch auf den Tisch. So ging es nicht weiter. Auch wenn es Teil ihrer Strafe war, sie ließ sich nicht weiter ignorieren.

***

Wutentbrannt stapfte Samira in Baxters Büro und verschloss die Tür hinter sich. Kurz blickte er auf und wandte sich dann sofort seinen Unterlagen zu. Samira ging um den Schreibtisch, nahm Baxter den Stift aus der Hand und drehte seinen Lederstuhl so, dass er sie ansehen musste. Erstaunt über so viel Dreistigkeit, saß er starr in seinem Sessel. Samira ging vor ihm in die Knie und machte sich, unbeachtet seines empörten Räusperns, an seinem Reißverschluss zu schaffen.

»Nicht!«

Doch sie schüttelte nur den Kopf. »Ich kann alles ertragen«, sagte sie mit erstickter Stimme, »aber wenn du meinst, mich ignorieren zu müssen, dann hast du dich getäuscht.« Etwas ruppig griff sie nach seinem Schwanz und beugte sich mit ihrem Mund über ihn. Schlaff lag er zwischen ihren Lippen und Baxter wehrte sich gegen ihre aufgezwungenen Zärtlichkeiten. Sie massierte seinen Schaft und fühlte, wie sein Penis trotz seines Protestes in ihrem Mund und unter ihren Händen wuchs.

»Samira, hör sofort auf!«, keuchte er.

Sie hielt ihn zwischen ihren Lippen und schüttelte den Kopf. Immer wieder fuhr sie mit ihrem Mund über sein Geschlecht und Baxter krallte sich an den Armlehnen seines Sessels fest. Er wollte nicht, doch sein Schwanz sagte ihm etwas anderes, und wenn er ehrlich war: Er hatte sie vermisst! Als sie ihn mit ihrer Zunge massierte, hielt er den Atem an.

Samira liebte diesen Penis. Egal wann, er schmeckte immer sauber und roch so verdammt gut. Sie hatte ihre liebe Not, das Verlangen zu unterdrücken, sich nicht einfach auf ihn zu setzen.

Sie war gut, verdammt gut! Baxter schloss die Augen und sein Widerstand, sich so verwöhnen zu lassen, schwand mit der zunehmenden Härte seines Gliedes. Samira saugte und stieß ihn sich so tief in den Rachen, dass sie ein Würgen nicht unterdrücken konnte. Sie leckte seinen Schaft, spielte an den Hoden, zwickte und saugte und sein Stöhnen sagte ihr, dass sie auf dem richtigen Weg war.

Samira kannte Baxter inzwischen so gut, dass sie wusste, wie lange er brauchen würde, damit er in ihrem Mund explodierte. Sie bearbeitete ihn weiter. Sie hatte Zeit und als sie fühlte, wie sich die dicke Ader an seinem Glied bereit machte, seinen Saft in ihren Mund zu spritzten, hörte sie auf. Mit in die Hüften gestemmten Händen stellte sie sich vor ihn hin. Verständnisloser als bei ihrem Eintreten, sah er sie an.

»Ich will diese Vorführung!« Sie schnaufte von der Anstrengung.

Baxter schluckte, bevor er ihr antwortete: »Du hast nichts zu fordern, du bist eine Sklavin«, entgegnete er schwach. Dann packte er seinen Penis wieder in die Hose. Für ihn war das Spiel beendet. Doch nicht für Samira, sie schlug ihm auf die Finger.

»Lass das!« In ihrem Gesicht spiegelte sich ihre Wut wieder. »Der wird erst verstaut, wenn ich mit ihm fertig bin!«

Baxter lehnte sich zurück. »Du bist ganz schön frech für eine Sklavin.«

»Ein Sklavenhalter willst du sein?« Ihre Stimme wurde lauter als sie eigentlich beabsichtigte. »Du lässt mich versauern … Das ist verdammt noch mal *keine* gute Pflege für eine Sklavin! Und da wunderst du dich, dass ich aufmüpfig werde?!« Beherzt griff sie nach seinem Penis und drückte ihn schmerzhaft zusammen. »Ich will diese Vorführung und ich will sie mit dir!«

Mit schmerzverzerrtem Gesicht hielt Baxter dem Druck ihrer Hand stand. »Nein!«, keuchte er.

Sofort verstärkte sie den Druck, würgte seinen Penis fast. »Ich will diese Vorführung und ich will sie mir DIR!!!«

Ihm standen beinahe die Tränen in den Augen, so sehr tat ihm ihr Griff weh, aber er konnte ihre Hände auch nicht einfach wegschlagen. So saß er mit zusammengebissenen Zähnen vor ihr und stieß hervor: »Ich lasse mich von dir kleinem Luder nicht erpressen!« Kaum hatte er das ausgesprochen, jaulte er auch schon auf. »*Samira*! … Verdammt! …«

Sie beugte sich vor und blickte ihm eindringlich in die Augen, während sie zischte: »Ich *will* diese Vorführung und ich *will*, dass *du* sie mit mir *machst*!«

»Wenn ich vielleicht sage, würdest du mich dann loslassen?«

Samira schüttelte den Kopf. Ihre Finger bewegten sich an seinem Schaft und verstärkten den Druck erneut.

»Wenn ich ein schwaches Ja sage … dann vielleicht?«

Sie grinste ihn an. »Verstärke das Ja und ich werde es mir überlegen.«

»Samira, sei nicht albern …« Augenblicklich stöhnte er gequält auf. »Okay! JA! Ja, verdammt, ja! Du sollst deine verfluchte Vorführung haben! …Und jetzt lass gefälligst los!«

Zufrieden lächelte Samira. Sie öffnete ihre Hand und beugte sich zu ihm. Ihre Lippen trafen seine und sie verschloss seinen Mund mit einem Kuss.

»Du büscht ein Aasss«, quetschte er hervor und sie lachte. Baxter rieb sich seinen malträtierten Penis und grinste schräg, als sie sich vor ihn hockte, um ihn wieder mit ihren Lippen zu verwöhnen. Dieses Mal übernahm er die Führung. So etwas wollte er sich nicht noch mal von ihr bieten lassen.

Während sie ihn schnell und rhythmisch leckte, legte er seine Hände in ihren Nacken und hielt sie mit sanftem Druck in seinem Schritt. Nach dieser Tortur hatte er erwartet, dass sich seine Erregung gen Null bewegen würde, doch es kam anders. Der Druck ihrer Hände hatte ihn mehr als erregt und Samira gab sich nun Mühe, ihren Auftritt mit einem sensationellen Finale unvergessen zu machen. Bevor sich diese gewisse Ader unterhalb seines Schaftes zum Schuss bereit machte, biss sie ihn sanft in die Wurzel. Baxter schrie laut auf, drückte ihren Kopf noch tiefer in seinen Schritt und fast schien es, als würde er in ihrem Mund bersten. Er verschoss sämtliche Munition, die er hatte, und Samira schluckte alles was kam.

Langsam fand er wieder Ruhe. Der Druck in ihrem Nacken durch seine Hände wurde zärtlicher und verschwand schließlich vollends. Sie entließ ihn aus ihrem feuchten Gefängnis und setzte sich vor ihm auf den Boden. Lächelnd sah sie ihn an, während er in seinem Sessel zurückgelehnt die letzten Wellen genießerisch vorbeiziehen ließ.

»Oh Mann …«, seufzte er, als er die Augen öffnete und sie ansah. »Miststück!«

Samira grinste nur. Dann begann sie seinen schlaffen Penis in seine Shorts zu verfrachten. »Den Vorführungstermin kannst du bestimmen … Aber lass dir nicht zu viel Zeit!« Samira erhob sich und küsste ihn.

»Bleibt mir etwas anderes übrig?« Lächelnd schüttelte er den Kopf. Dann ließ sie ihn allein.

Baxter drehte sich mit seinem Sessel zum Fenster und blickte hinaus. Das war eine schöne Bescherung. Etwas, dass er nie tun wollte, stand ihm nun bevor. »Na super!«, sagte er sarkastisch.

***

Die Planung für ihren Auftritt, die eigene kleine Partie vor Fremden, füllte Samira in den nächsten Tagen vollkommen aus. Fiona hatte diverse Male versucht, sie von ihrem demütigenden Vorhaben, wie Samira es nannte, abzubringen. Aber Fee war genauso chancenlos wie Harold und Kay. Baxter versuchte es gar nicht erst. Fast schien es, als hätte er klein beigegeben und gab Samira Adressen von Herren, die es ihm wert schienen, daran teilzunehmen. Es würde, wenn alle zusagten, eine Gruppe von knapp fünfzehn Gästen sein. Samira hatte genaue Vorstellungen, wie sie ihren Auftritt inszeniert haben wollte. Dieses Ereignis würde nichts mit dem zu tun haben, was man von den einschlägigen Videos kannte. Es würde eher an eine Versammlung eines Geheimbundes erinnern, als an eine sexuelle Darstellung. Alle würden dunkle Umhänge und Masken tragen, bis auf Harold und Baxter, und natürlich Samira selbst.

Baxter ließ ein rundes Podest bauen, welches mitten im großen Ballsaal aufgestellt werden sollte. Dieses Podest drehte sich, damit niemand hinterher sagen konnte, er wäre nicht auf seine Kosten gekommen und hätte kaum etwas von ihrer Präsentation gesehen.

Samira versuchte ihre aufkeimende Unruhe und, wenn sie

ehrlich wahr, ihre Grundgeilheit, in diesen Tagen zu überspielen. Äußerlich war sie ruhig, aber vor ihrem inneren Auge hatte sie sich jedes noch so kleine Detail ausgemalt und so verriet jede ihrer Bewegungen ihre Anspannung. Doch alle konnten und sollten sehen, dass sie sich auf ihren Auftritt freute. Ein besonderes Vergnügen war es für Samira, mit Kay und Fiona ihr Outfit für diesen Abend zu entwerfen.

***

Bei einem gemeinsamen Abendessen hatte Baxter den Termin für dieses Ereignis verkündet und Samira währenddessen unauffällig beobachtet. Sollte sich vielleicht doch der Hauch eines Zweifels in ihrem Gesicht eingeschlichen haben? Nein, diese Frau war wild entschlossen.

Der Tag rückte näher und Samira wurde aus ihrem Sklavendasein für diese Tage entlassen. Baxter und Harold spielten nicht mit ihr, und vor allem fand kein Stock auf ihrem Hintern seinen Rhythmus. Dieser prachtvolle Arsch sollte zart und unberührt erscheinen, damit sich die Partygäste an neuen Zeichnungen erfreuen konnten.

Samira schlief unruhig in diesen Nächten vor ihrem Auftritt und sie erwachte ungewöhnlich früh. An einem Morgen nach einer mehr oder weniger durchwachten Nacht, entschloss sie sich endlich, einen Spaziergang über das riesige Grundstück zu machen. Die Sonne schien und es war trotz der frühen Stunde schon angenehm warm. Beschwingt lief sie die steilen Stiegen hinunter, und die Stufen der großen schwungvollen Treppe nahm sie mit dem entsprechenden Elan.

Die Gärten lagen ruhig vor ihr und der Frühnebel wollte sich zwischen den Bäumen noch nicht so recht verziehen. Samira lustwandelte und fühlte sich in eine andere Zeit versetzt. Sie lief über die sacht geschwungenen steinigen Wege durch eine Galerie von Steinfiguren und lauschte der morgendlichen Stille, die von dem fröhlichen Gezwitscher einiger Vögel begleitet wurde. Samira achtete nicht darauf, wo sie hinging, sie überließ ihren Füßen die Führung und freute sich einfach über den schönen Tag.

Irgendwann gingen die Gärten in die Ländereien über und die Wege unter ihren Füßen wurden zu Trampelpfaden. Samira stieg über Wurzeln alter Bäume und wich vorwitzigen Brennnesseln aus, die ihr den Weg versperren wollten. Irgendwann kam sie an einen kleinen See. Dort zog sie die Schuhe aus und steckte einen Zeh in das kühle Wasser. Ihr Auftauchen hatte einige kleinere Mückenschwärme aufgescheucht und diverses Kleinvieh schickte sich zur Flucht an. Lächelnd ließ Samira ihren Blick über den See schweifen und bewunderte die große Trauerweide auf der gegenüberliegenden Seite. Dort wollte sie eine kleine Pause machen.

Erschrocken zuckte sie zurück, als sie nach kurzer Zeit die Zweige zur Seite schob. Dort saß Baxter und grinste sie breit an. Dann reichte er ihr seine Hand, damit sie sich zu ihm setzte.

»So so … hast du mich also doch noch gefunden ...« Er legte ihr einen Arm um die Schulter und küsste sie zärtlich aufs Haar.

»Vor allem, weil ich dich nicht gesucht habe«, lachte sie leise. »Ein schönes Plätzchen hast du dir hier zum Verstecken gesucht.«

Baxter nickte. »Ja, hier kann man ungestört nachdenken.«

Samira sah ihn von der Seite an. »Soll ich gehen?«

»Nein, du bist schließlich der Grund, warum ich hier sitze und nachdenke.« Baxter lächelte.

»Du kannst dich also immer noch nicht damit abfinden, dass ich es will?« Samira lachte leise.

»Doch«, antwortete er zu ihrem Erstaunen, »ich kann mich nur nicht damit abfinden, dass *ich* es tun soll!«

Verwirrt blickte sie ihn an. »Wenn nicht du, wer sonst?«

Baxter richtete sich etwas auf. Es war ihm unangenehm, das zu sagen, aber wenn er es nicht tat, dann würde etwas zwischen ihnen stehen.

»Ehrlich gesagt«, begann er umständlich, »hast du dir mal überlegt, was das für *mich* bedeutet?«

Samira zog die Stirn kraus.

»Ich habe mich noch nie … so vor anderen präsentiert.«

Samira stutzte.

»Fee, Kay, Harold, du und ich – wir sind fünf Leute, die ihren Spaß miteinander haben, weil sie sich kennen, weil sie sich vertraut sind. Und dann kommst du daher und verlangst von mir, dass ich diese Vertrautheit aufgeben soll, nur weil du dich präsentieren und mich dabei haben willst. Womit auch *ich* mich präsentiere!«

Von dieser Seite hatte Samira es noch nie gesehen. Aber wenn sie es genau betrachtete, dann war Baxter eigentlich nicht der Mensch, der sich vor Öffentlichkeiten scheute.

Baxter lehnte seinen Kopf an den Baumstamm. »Ich weiß nicht, ob ich das möchte … Mich dahinstellen und genau das machen, was wir zu zweit oder beim Spiel mit den anderen tun. Ich weiß nicht, ob ich das Drumherum ausblenden kann, um dir das zu geben, was du in dem Moment von mir brauchst.«

Samira war erstaunt. Das hatte sie mit Sicherheit nicht erwartet. Für einen Augenblick lehnte sie sich in seine Arme und dachte nach. Er hatte Hemmungen, sie vor Fremden zu präsentieren?

Still saßen sie nebeneinander und jeder war in seine Gedanken versunken. Samira versuchte sich vorzustellen, wie er dort stehen würde. Sein Arbeitsmaterial in der Hand und bewegungsunfähig, weil ihn die Umstehenden anstarrten. Das wäre eine schöne Bescherung. Sie fröstelte plötzlich und Baxter zog sie noch näher zu sich.

»Du hast recht«, sagte sie leise und mit Bedauern in der Stimme, »daran habe ich wirklich nicht gedacht.« Sie sah über den See, beobachtete das Spiel des Sonnenlichts auf den kleinen Kräuselungen des Wassers und betrachtete Wasserläufer mit deren Spuren.

»Und wenn du versuchst«, begann sie vorsichtig, »die Umstehenden einfach auszublenden?«

Baxter lachte still in sich hinein. »Das ist nicht so einfach. Wenn ich dran denke, wie diese Typen um dich herumstehen und sich einen runterholen …« Diesmal schüttelte er sich.

Samira lächelte. »Das ist Sinn und Zweck der Sache und auch nichts anderes, als zwischen uns beiden«, stellte sie sachlich fest.

»Hm … Vielleicht hast du recht …« Er streichelte ihren Arm.

Beide schwiegen. Samira versuchte sich in ihn während dieser Situation hineinzuversetzen.

»Du machst das schon«, sagte sie leise und küsste ihn.

Nach einer Weile erhob sich Samira, klopfte den Schmutz von der Kleidung und beugte sich zu einem weiteren Kuss zu ihm hinunter.

Baxter grinste gierig, als er ihre prachtvollen Brüste direkt vor seinen Augen hatte. Seine Blicke bekamen Hände und die Vorstellung, diese Brüste vor den Augen anderer zu peinigen, ließ seine Fantasie Purzelbäume schlagen.

»Als Strafe werde ich mir allerdings etwas besonders Gemeines für dich ausdenken«, frohlockte er.

Samira lachte und sagte: »Davon gehe ich aus!«

Sie winkte, als sie in verließ.

***

Samira übte sich in Eigensucht und verschwendete keinen Gedanken mehr daran, wie es Baxter bei der Präsentation gehen würde. Tief in ihrem Innern hatte sie das Gefühl, dass die Zeit der Vorführung für beide reif war.

Fast fünf Monate war sie nun hier und hatte die Tage und Wochen mehr als genossen. Aber es fehlte etwas und so war es für sie eine logische Schlussfolgerung, dass sie das Experiment auf diese Weise beenden würde. Was danach kam, darüber machte sie sich keine Gedanken. Es würde sich finden, wie alles, was sich in ihrem bisherigen Leben ereignet hatte. Sie war überzeugt, dass der Rauswurf bei ihrem ehemaligen Herrn nicht ohne Grund abgelaufen war. Samira empfand diesen Aufenthalt hier als Bedenkzeit für sich, und sie war zu dem Schluss gekommen, dass sie sich zu sehr in ihrer Beziehung hatte fallen lassen. Für den Professor musste es damals den Eindruck hinterlassen haben, als wäre sie nicht mehr fähig, ihre eigenen Entscheidungen zu treffen. Und um ihr ihre Persönlichkeit wiederzugeben, hatte er wohl auch die Liaison beendet.

***

Die Tage verstrichen, die Vorbereitungen gingen voran und Samira spürte die Aufregung bei jedem Bewohner im Haus. Sie sollte die Hauptperson an diesem Abend sein, doch die Sorge um ihr Wohl, geistig wie körperlich, beschäftigte alle. Und jeder machte sich seine Gedanken.

Jeder war der Meinung, dass dieses Event nicht wirklich nützlich war, aber alle gaben zu, dass sie es spannend fanden, sich darauf vorzubereiten. Die Handwerker wunderten sich über das Podest, das sie bauten und rissen ihre Zoten darüber. Das Hauspersonal war über die Bestellung für das Büffet erstaunt, hielt sich aber mit Kommentaren zurück – nicht zuletzt, weil Harold in diesen Tagen sehr grimmig aus der Wäsche starrte. Ihm passte Samiras Vorhaben am wenigsten in den Kram, und Baxter vermutete, dass sich sein Freund und Butler ein wenig in die junge Frau verliebt hatte.

***

Der Tag kam und Samiras Nervosität stieg ins Unermessliche. Über den Ablauf hatte sie nicht mehr mit Baxter gesprochen und würde sich heute Abend vollends auf seine Führung verlassen. Dieser Gedanke, dass *er* es sein würde, vertrieb ihre Befürchtungen, dass ihr Auftritt ein Reinfall werden könnte. Baxter würde der Dreh- und Angelpunkt bei dieser Sache sein und er würde seine Sache gut machen, da war Samira sich sicher.

***

Samira stöckelte auf ihren hohen Absätzen die steilen Stiegen hinunter und fluchte über ihren Perfektionismus. Die Schuhe hätte sie auch wirklich erst unten anziehen können, um so der Gefahr zu entgehen, sich beim Abstieg das Genick zu brechen.

Trotz ihrer Nervosität kam sie heil an und holte tief Luft. Der erste Teil wäre geschafft, schlimmer konnte es nicht kommen. Sie lächelte und ging hinüber zum Ballsaal. In einer Seitennische erwartete Baxter sie bereits. Leises Stimmengewirr drang an ihr Ohr und für einen Moment bekam sie es mit der Angst zu tun. Die Stimmen hörten sich nicht an, als ob es sich hier um knapp fünfzehn Personen handeln würde, sondern dem Gewirr nach, schien der Ballsaal bis unter die Decke mit Beobachtern des Schauspiels gefüllt zu sein.

Baxter reichte ihr lächelnd eine Hand.

»Dein Auftritt«, sagte er.

Samira betrachtete ihn so, wie sie es in den letzten Monaten häufig getan hatte, wenn sie nervös war. Er hatte eine beruhigende Wirkung auf sie, und heute Abend sah er einfach umwerfend aus in seinem dunklen Samtgehrock mit dem kleinen Stehkragen und der legeren Hose. Baxter nahm sie bei den Händen und hielt sie auf Abstand, damit er sie im Gegenzug betrachten konnte.

»Wundervoll«, sagte er leise.

Sie hatte ihre dunkle Haarpracht kunstvoll hochgesteckt und ihr silbernes Halsband glänzte auf der leicht getönten Haut. Ein zartes Make-up unterstrich ihre großen Augen und verlieh ihrem Ausdruck etwas Scheues, Zartes. Die dunkelrote Samtkorsage presste ihre Brüste zusammen und in ihrer ganzen Fülle sprangen sie den Betrachter förmlich an. Ihr Hintern wurde von einem aufwendig gerüschten, schwarzen Slip in Szene gesetzt und ihre halterlosen Strümpfe betonten ihre samtig schimmernden Oberschenkel. Samira hatte sich Mühe gegeben, und ihr Anblick würde die Anwesenden für die Wartezeit entschädigen.

Baxter legte ihr eine lederne Augenbinde um und zog sie an ihrem Hinterkopf fest.

»Bist du bereit?« Seine Stimme klang sanft durch das Stimmengewirr an ihr Ohr.

Sie hob den Kopf, so als wollte sie ihn ansehen, doch die lederne Augenbinde verhinderte es. »Nein«, gab sie kleinlaut zu, »wenn ich ehrlich bin, war ich nicht darauf gefasst.«

Er streichelte ihr die Wange und die Wärme in seinen Händen beruhigte sie. »Wir können es auch noch absagen.«

Wie sehr sie diese Stimme liebte! Vom ersten Moment an, am Abend vor ein paar Monaten, hatte Samira sich in diese tiefe, freundliche und warme Stimme verliebt. Sie gab ihr das Gefühl von Sicherheit und Geborgenheit. Samira hatte sein Bild vor ihrem inneren Auge und lächelte zärtlich.

»Nein, ich will das jetzt durchziehen«, sagte sie leise.

Er trat einen Schritt auf sie zu und sie konnte ihren Kopf an seine Schulter legen.

»Bist du sicher?« Wieder hörte sie Fürsorge in seiner Frage.

Samira nickte.

»Du weißt, ich bin bei dir und ich werde den Zuschauern vor Beginn ein paar Regeln mitteilen.« Er hauchte ihr einen Kuss auf die Stirn und obwohl sie es nicht brauchte, schloss sie die Augen und genoss diese Zärtlichkeit.

»Ich weiß.« Er roch so verdammt gut. Sein Duft hüllte sie ein und benebelte sie. Baxter hantierte an dem silbernen Halsband und Samira hörte den ersten Karabiner klicken. Er hatte ihr an den vorderen Ring eine metallene Kette befestigt und zog sie nun daran.

»Gut.« Er legte ihr seinen Arm um die Hüfte, griff sacht nach ihrer freien Hand und führte sie die nächsten Schritte bis zur Tür. Dann rasselte die Kette und Samira wusste, dass er sie an dieser »Leine« in den Raum führen würde.

***

Doch Samira blieb plötzlich stehen. »Kleine Änderung des Ablaufs«, sagte sie.

Erstaunt sah Baxter sie an. Auch er war stehengeblieben.

»Ich will das *volle* Programm, Alan«, sagte sie leise.

Er trat näher auf sie zu. »Wie meinst du das?«

»Wenn einer da drin der Ansicht ist, er müsse mich anfassen, dann gestatte es ihm, aber bleib in meiner Nähe.«

Baxter seufzte. »Bist du sicher?« Und als sie nicht antwortete, sagte er: »Gut, sollst du haben. Es macht jetzt eh keinen Unterschied mehr.«

Damit gab er ihr einen Klaps auf den Po und zog an der Kette um ihren Hals. Sie machte einen Schritt vorwärts und Baxter hielt ihr den Vorhang, der den Blick vom Ballsaal hier herüber versperren sollte, beiseite und führte sie nun endlich hinein. Augenblicklich verstummte das Stimmengewirr und leise Musik setzte ein.

Samira schnupperte und nahm den Geruch von Bienenwachskerzen wahr. »Beschreib mir den Raum«, bat sie Baxter, der sie jetzt führte.

Er bewegte kaum die Lippen, als er sprach. »Dein Podest steht in der Mitte. Von der Decke hängen einige Ketten mit Karabinern. Die Fenster sind mit Vorhängen verschlossen und im ganzen Raum sind Kerzen verteilt. Die Teilnehmer stehen im Kreis um das Podest herum. Harold wartet auf uns und Fiona und Kay halten sich im Hintergrund.« Langsam gingen sie weiter.

»Wie sehen die Typen aus?«, fragte sie.

Baxter lachte leise. »Gruselig. Sie haben schwarze Kapuzenumhänge an und weiße Masken vor den Gesichtern.«

Samira lächelte kurz. »Wirklich unheimlich.«

Baxter geleitete sie durch den Raum auf das Podest zu, und Samira hörte das leise Rascheln der Umhänge, als die Zuschauer zur Seite traten, um sie und ihren Herrn vorbeizulassen.

Die Beschreibung der Gerätschaften auf dem Podest hatte Baxter extra ausgelassen, denn er wollte ihr nicht zuviel verraten. Er zog sie an ihrer Kette auf die passenderweise dunkelrot ausgelegte drehbare Bühne.

»Sehr geehrte Anwesende«, begann er mit seiner tiefen Stimme, »wir möchten Ihnen heute Abend eine Dame vorstellen. Es ist ihre erste Vorführung und wir möchten zeigen, was diese Sklavin in den letzten Wochen und Monaten bei uns gelernt hat.« Er griff Samira hart an die Schulter und sie stieß erschreckt die Luft aus.

»Wir haben sie durch harte Prüfungen in ihrer Leidensfähigkeit geschickt und möchten Ihnen heute einen kleinen Eindruck unserer Ausbildung vermitteln. Mein Butler wird mir zur Hand gehen, denn Sie können sich vorstellen, dass ein solches Rasseweib nur durch mehr als eine Herrenhand zu bändigen ist.«

Die Umstehenden applaudierten leise. Samira zitterte, als ob sie fröre. Jetzt gab es kein Zurück mehr für sie.

»Ich werde mich darauf beschränken«, fuhr Baxter fort, »diese Sklavin zu bearbeiten. Verbale Ausführungen werden Sie von mir nicht zu befürchten haben. Schauen Sie zu und genießen Sie. Gegen Ende der Veranstaltung werden wir Ihnen die Gelegenheit geben, sich der Leibeignen gebührend zu nähern und sie angemessen zu prüfen. Vielen Dank.«

Baxter schob Samira noch zwei Schritte weiter auf das Podest. Dort hakte er die Halskette in einen der herabhängenden Karabiner ein und begann Samira zu entkleiden. Als Erstes fiel ihre Korsage und unter dem Applaus der Anwesenden hob und drückte er ihre schweren Brüste. Samira hielt den Atem an. Sie lauschte auf das, was um sie herum geschah und ihr Herz schlug augenblicklich schneller, denn es wurde ihr bewusst, dass dort viele Männer standen, die sich nun an ihrem Anblick ergötzten. Und es gefiel ihr. Baxter nahm eine Schere und schnitt an den Seiten ihrer Oberschenkel den Rüschenslip entzwei und ließ ihn zu Boden fallen.

Auf einem kleinen Tisch am Rande des Podestes lag Baxters Werkzeug für den heutigen Abend. Als er einen Blick darüberwarf, stieg Vorfreude in ihm auf. Hatte er sich wirklich Sorgen gemacht, er könne das hier nicht durchziehen? Lächerlich! Hier oben stand er nun mit Samira und Harold. Alles andere drum herum existierte nicht mehr für ihn.

Bei den Handwerkern hatte Baxter ein besonderes Gestell

für Samira anfertigen lassen. Schlicht, aber wirkungsvoll. In der Mitte standen zwei schmale Balkenkonstruktionen so nebeneinander, dass sich Samira darauf hinknien und ihre Spalte präsentieren konnte. Zwei senkrechte Balken hielten jeweils einen Querbalken darüber. Die Balken waren gerade so breit, dass es in ihren Knien schmerzen würde. Am Kopfende der Konstruktion war jeweils eine Eisenstange eingelassen, die mit einem weiteren kleineren Balken miteinander verbunden war.

Baxter führte Samira zum Gestell und hob eines ihrer Beine an, damit sie sich darauf knien konnte, dann hob er sie hoch und sie legte das zweite Bein auf die andere Seite. Ihre Schultern drückte er weit hinunter, damit sie unter der Querstange am Kopfende durchtauchen konnte. Dann legte er ihre Arme rückwärtig über die Stange und mit einem feinen Seil band er ihr die Arme im Rücken zusammen.

Währenddessen hatte Harold ihre Fußgelenke mit Seilen am Holzbalken fixiert und mit einem Schloss gesichert. So kniete sie nun breitbeinig vor ihm und er hob den Daumen als Zeichen dafür, dass der Anblick alle erregen würde.

Samira war wie immer rasiert und präsentierte ihre Spalte nun dem Publikum. Zwar war es unbequem, so festgemacht worden zu sein, aber diese Fixierung machte sie so heiß, dass sie ihren Bewunderern bereits Feuchte anbieten konnte.

Baxter fühlte nach und lachte leise. Dass es so schnell gehen würde, hatte er nicht erwartet, obwohl er wusste, wozu diese Frau fähig war.

Baxter trat einen Schritt zurück und zog unter dem kleinen Beistelltischchen einen metallenen Kasten hervor. Es war der gleiche Kasten, mit dem er Samira schon einmal zum Wahnsinn getrieben hatte. Das Vergnügen, ihr dabei zuzusehen, wie der Dildo immer heftiger in sie fuhr, wollte er sich heute erneut gönnen. Er hatte einige Modulierungen daran vorgenommen, denn nun kam der Stab nicht mehr senkrecht aus dem Kasten heraus, sondern auf der Vorderseite. Baxter befestigte den großen Dildo daran und quittierte das wissende Lachen einiger Zuschauer mit einem großzügigen Nicken in deren Richtung. Er schob den Dildo auf dem Wagen näher an Samira heran, spreizte ihre Lustgrotte und Harold führte ihr die Vorrichtung unsanft ein.

Samira schrie kurz auf, um dann in ein leises Seufzen zu verfallen. Harold prüfte den Sitz des Gerätes und nickte zufrieden. Dann fingen beide Männer an, sich mit ihrem Kopf zu beschäftigen. Baxter nahm Samiras Augenbinde ab und blickte ihr in die Augen.

»Wie geht's dir?«, wollte er wissen.

Ängstlich sah sie ihn an.

»Immer noch zu allem bereit?«

Zaghaft nickte sie. In dieser Position war sie nicht mehr ganz so mutig wie noch ein paar Minuten zuvor.

Harold reichte Baxter eine lederne Vorrichtung für ihren Mund und gemeinsam legten sie ihr diese an. Es war ein großer metallener Ring, der nun zwischen ihren Zähnen saß und den Baxter in ihrem Nacken mittels des Lederriemens festschnürte. Samira gab gurgelnde Geräusche von sich. Harold fuhr ihr mit zwei Fingern in den Mund, um zu prüfen, ob der Ring richtig saß. Sie keuchte und ihre Augen suchten panisch den Raum ab. Doch die Masken um sie herum verschwanden immer wieder. Kaum hatte sie eine erfasst, drehte sich das Podium weiter. Ihr wurde schwindlig. Die Musik, das Kreisen des Podiums und das Stimmengewirr wurden zu einem Geräusch, und in ihrem Kopf drehte sich alles wie verrückt. Samira hoffte, dass Baxter nun mit dem beginnen würde, was er immer tat: Den

Stock zu nehmen! Sie wünschte sich, dass er sie nun endlich für ihren dreisten Wunsch bestrafen würde.

Doch noch war ihr Herr mit seinen Vorbereitungen nicht fertig. Während Harold sich mit dem Apparat in ihr beschäftigte, ging Baxter in die Knie und griff an ihre herunterhängenden Brüste. Mit geschickten Fingern befestigte er an jedem ihrer Nippel eine kleine Klemme, die ein Gewicht an sich trug. Vor Schmerz stöhnte Samira auf. Ihre Brüste wurden hinuntergezogen und Baxter begann sie zu massieren. Das Blut strömte hinein und verstärkte die Schmerzen in ihren Nippeln nur noch mehr. Er lächelte sie an, dann ließ er von ihr ab. Aber nur, um mit Harold den Platz zu tauschen. Sein Freund und Butler tauchte vor ihrem Gesicht auf und ließ die Hosen runter. Im gleichen Moment begann die Maschine, in sie zu fahren.

Samira wollte schreien, doch der Ring in ihrem Mund verhinderte einen wohl artikulierten Laut und so versank ihr Schrei in einem verzerrten Gurgeln. Harold hielt seinen steifen Schwanz an ihre Lippen und strich gleichmäßig über sein Glied. Die Bewegungen der Maschine ließen ihre Säfte laufen und Samira wartete darauf, dass Harold endlich seinen Penis in ihren Mund schob. Sie würde es kaum verhindern können und wusste, dass er tief in sie stoßen würde.

Harold nickte seinem Boss zu. Dieser änderte daraufhin das Programm der Maschine. Die Stöße wurden heftiger und in dem Moment schob Harold ihr seinen Steifen in den Mund. Samira würgte, konnte ihn aber nicht loswerden und die Hand, die Harold ihr in den Nacken legte, verhinderte, dass sie ihren Kopf zu Seite drehen konnte.

Baxter warf einen Blick auf die Zuschauer. Einige hatten bereits ihre Umhänge geöffnet und bearbeiteten ihre Schwänze bei dem Anblick, der sich ihnen bot.

Aber Baxter hatte noch mehr in petto. Vom Tisch nahm er einen Stock – einen roten, schweren Gummistock. Er kannte Samiras Vorliebe für den Rohrstock, der aber für den heutigen Abend nicht genug wäre. Dieser rote Stock in seiner Hand würde ihr die eigenartigen Wünsche sicherlich austreiben.

Ganz leicht strich er damit zunächst über ihren Hintern und lächelte, als er ihren erstickten Schrei vernahm. Mit leichten Trommelschlägen, so als würde man das Geräusch einer fernen Kavallerie nachahmen, klopfte er dann abwechselnd sacht auf ihren strammen Pobacken. Langsam wurde die Haut darauf rot und es sah aus, als wären ihre Muskeln bereit für mehr. Doch er legte den Stock beiseite. Das Publikum kommentierte dies mit einem enttäuschten Seufzer.

Aber Baxter hatte ein Spielzeug, das seine Gäste entschädigen würde. Er ging zu dem kleinen Tisch und griff nach einem Stahldildo. Er hielt das Gerät hoch, damit alle im Raum es bewundern konnten. Schwer und kühl lag es in seiner Hand, außerdem war es lang und würde ihr ein besonderes Vergnügen bereiten.

Baxter trat hinter Samira, und seinem Publikum schien zu ahnen, was er mit diesem Gerät vorhatte, denn ein langgezogenes »Ah« war zu hören.

Das Metallstück legte Baxter an ihre Rosette und spreizte diese mit zwei Fingern. Mit langsamem Druck führte er den Dildo ein.

Samira kreischte. Sie fühlte sich, als würde sie von der Kälte und Härte zerrissen werden. Der Druck in ihrem Hintern und die sie fickende Maschine raubten ihr den letzten Verstand. Der Plug in ihrer Rosette glänzte im Kerzenlicht und das Publikum raunte anerkennend.

Samira wollte fliehen, doch Harold hielt seine Hand immer noch in ihrem Nacken und verstärkte seine Bewegungen in ihrem Mund. Vor Verlangen keuchte sie, schmatze und litt.

Baxter nahm seinen roten Stock vom Tisch und begann wieder mit sachten Schlägen ihre Pobacken anzuwärmen. Rechts, links, rechts, links … immer im Wechsel. Samira wimmerte.

Die Maschine hatte das Programm gewechselt, war heftiger geworden und Baxter fand, dass er sie nun genug getriezt hatte. Deswegen wurden seine Schläge härter. Der Stock zischte durch die Luft, klatschte auf ihr Fleisch und hinterließ rote Striemen und Flecken. Gleichzeitig begann Baxter mit seiner freien Hand, ihren Kitzler zu streicheln. Samiras Stöhnen wurde lauter, die Antworten auf die Schläge auf ihrem Hintern wurden flehender und das Publikum fuhr damit fort, die aus den schwarzen Umhängen hervorstehenden Schwänze zu massieren.

Nicht nur Samiras Stöhnen war zu hören, auch aus dem Zuschauerraum waren mehr als eindeutige Geräusche zu vernehmen und Baxter grinste innerlich. So viele hatte er noch nie auf ein Mal befriedigt. Samiras Hintern ruckelte, sie versuchte sich den Bewegungen seiner Finger an ihrem Kitzler entgegenzustemmen und stöhnte. Ihre momentane Sucht, sich hier und jetzt befriedigen zu lassen, und der Dildo in ihrer Lustgrotte ließen ihre Feuchtigkeit herausspritzen.

Harold nickte Baxter zu. Das war das vereinbarte Zeichen, dass er nicht mehr lange in ihrem Mund brauchen würde, um sie vollzuspritzen. Baxter rieb heftiger über ihren Kitzler und seine Gespielin auf dem Gestell wurde hektischer in ihrer Erregung. Ihr Wimmern nach mehr kam aus den tiefsten Tiefen ihres Inneren. Harold fickte sie heftiger in den Mund und kurz bevor er kam, zog er seinen Schwanz heraus und spritzte ihr ins Gesicht. Er erholte sich erstaunlich schnell und nahm den Ring, der ihren Mund offenhielt, ab, dann entfernte er sich von ihr.

Nun konnte man Samiras Kreischen, ihr Flehen nach Erlösung, besser hören. Baxters Schläge mit dem Stock wurden weniger, aber nicht weniger heftig und jedes Mal, wenn er sie traf, schrie sie auf und wimmerte ihrem Orgasmus entgegen.

Die ersten Betrachter hatten sich bereits in ihre Hände erleichtert und die wenigen, die das Finale miterleben wollten, traten nun auf Baxters Zeichen hin auf das Podest neben Samira.

Sie fühlte viele feuchte und warme Hände auf ihrem Körper und die Wärme der Körper strahlte auf sie ab. Einige Vorwitzige griffen an ihre schmerzenden Brüste und erfreuten sich an ihrem vor Pein verzerrtem Gesicht. Ihr Wimmern ließ die Hände auf ihrem Körper fordernder werden und nach und nach spritze einer nach dem anderen sie voll und verteilte seinen Saft auf ihrer Haut.

Samira ekelte sich davor. Doch dieser Ekel trieb sie in ihrem scheinbaren Leid nur noch mehr an. Nachdem Harold mit ihr fertig war, konnte sie sich endlich nur auf sich konzentrieren und die bewundernden Berührungen genießen. Die Schläge hatten sie gequält und erregt, die Härte des Stockes hatte sie erstaunt. Immer wenn der Stock sie besonders hart getroffen hatte, hatte Baxter seinen Druck über ihrem Kitzler verstärkt und sie näher an die ersehnte Erlösung getrieben. Eine grausame Kombination, eine wundervolle Symbiose aus Schmerz und Lust.

Nun rieb er wie wild über dieses Stückchen Fleisch und ihr Keuchen passte sich ihrem Herzschlag an und trieb ihre Gedanken in Sphären, die sie fliegen ließen. Samira ließ sich endgültig fallen und davontragen. In diesem Moment standen keine fünfzehn Fremde um sie herum, sondern sie war allein und genoss ihren Flug. Ihre Glieder lösten sich von ihr und ihr Geist schwebte unter der von Kerzenduft schweren Decke des Ballsaales. Raum und Zeit ... einfach alles vergaß Samira, all das gab es für sie in dem Moment mit diesem Orgasmus nicht mehr. Es zerriss sie nicht, wie bei denen, die sie bis jetzt kannte, sondern kam langsam, fast zögerlich. Dafür war er endlos und saugte jeden Funken ihrer Lebensgeister aus ihr heraus.

Samira fiel in die Konstruktion. Schlaff hing sie in ihren Fesseln. Ihr Atem war flach und aus ihrer Brust waren kehlige Geräusche zu hören.

»Meine Herren«, sagte Baxter und legte seinen Stock beiseite, »würden Sie nun bitte beiseitetreten, damit ich die Delinquentin befreien kann.«

Samira hörte die Schritte und fühlte die aufkommende Kühle, als sich die Körper von ihr entfernten. Baxter stellte die Maschine ab, doch der Dildo blieb in ihr stecken.

»Würden Sie mir bitte folgen.« Das war Kays Stimme. »Wir haben einen kleinen Imbiss für Sie vorbereitet.«

Samira konnte das Lächeln in der Stimme ihrer Freundin förmlich hören. Die Schritte und Stimmen wurden leiser und erstarben schließlich ganz. Die große Tür zum Ballsaal wurde geschlossen und sie und Baxter waren allein. Er ging vor ihr in die Knie, griff sacht an ihre Brüste und entfernte die Klemmen daran. Vor Schmerzen schrie sie noch einmal auf. Doch ihr Schrei war leise, denn sie hatte kaum mehr Energie, um das Geschehen um sich herum wahrzunehmen, geschweige denn, den Schmerz entsprechend zu äußern.

Baxter strich sacht über ihre malträtierten Nippel, die nach der Schwere der Gewichte nun etwas länger waren als sonst. Er hob die Brüste an und führte sie an seine Lippen. Samira seufzte leise. Als Baxter ihre Nippel zwischen seinen Lippen einschloss und daran zu saugen begann, wimmerte Samira leise. Sanft biss er zu. Dann entließ er sie aus seinem Mund und blickte ihr in die Augen.

»War es das, was du wolltest?«

Sie versuchte zu nicken, war aber zu erschöpft und so lächelte sie milde.

Baxter grinste schräg. »Dann hast du sicherlich nichts dagegen, wenn ich mir jetzt noch etwas Erleichterung verschaffe.«

Samira lachte leise. »Erwarte nicht zuviel von mir.«

Baxter stoppte das Podest, das sich immer noch drehte, ging hinter sie und entzog ihr den Dildo. Es gab ein sattes Geräusch und ihre Nässe lief in Strömen heraus. Baxter verteilte die Nässe in ihrer Spalte, dann zog er den Metallplug aus ihrer Rosette.

Samira seufzte jedes Mal, wenn er sie berührte und streichelte. Baxter löste die Fesseln um ihre Fußgelenke und tauchte kurz danach vor ihr auf, um ihre Arme zu befreien. Bevor er ihr von der Holzkonstruktion herunterhalf, löste er die Kette um ihren Hals und stützte sie, als sie versuchte sich aufzurichten und ihre Knie nicht mitspielen wollten. Kurzerhand legte er ihr einen Arm unter die Beine und hob sie hoch. Dann setzte er sich mit ihr auf die Stufen des Podestes. Für einen Moment ließ sich Samira in diese zärtliche Geste fallen, dann setzte sie sich breitbeinig über seine Beine. Ihre Brüste lagen direkt vor seinen Lippen und Baxter konnte dieser Pracht nicht widerstehen. Er griff danach und drückte sie zusammen. Dick, schwer und wundervoll duftend lagen sie vor ihm. Baxter drückte sein Gesicht in diese Pracht und atmete ihren Duft. Kurz löste er sich mit einer Hand von ihr und öffnete seine Hose, um seinen steifen Prügel herauszuholen. Samira rückte sich zurecht und versenkte ihn in sich, woraufhin sie vor Vergnügen quietschte und langsam begann, mit ihren Hüften über ihm zu kreisen.

Baxter stöhnte leise vor sich hin.

»Das ist genau das, was ich jetzt brauche«, seufzte er. Seine Hände legten sich wieder an ihre Brüste und massierten die fleischige Pracht. Samiras kehliges Stöhnen entlockte ihm ein Grinsen.

»Dass du überhaupt noch fähig bist, irgendwas zu fühlen«, wunderte Baxter sich. Seine Augen verfolgten jede ihrer Bewegungen mit einem Leuchten darin. »Die Maschine muss dich doch fast zerfetzt haben.«

Samira schüttelte den Kopf. »Nein«, sagte sie leise, »bis darauf, dass mir der Hintern fürchterlich weh tut und der wohl in den nächsten Tagen ziemlich blau sein wird, war es herrlich.«

Er lachte sein dunkles Lachen und gab sich ihren Bewegungen hin. Die Bilder der letzten Stunden tauchten in seinem Kopf auf, auch die dunkle Menge um ihn herum, die sich an diesem Schauspiel aufgeilte, Harolds entrückter Blick, als dieser in Samiras Gesicht spritzte und Samiras langgezogener Lustschrei, als sie endlich kommen durfte. All das, schwirrte ihm in seinen Gedanken herum und diese Fantasien beschleunigten seinen heftigen Orgasmus. Er hatte es sehr genossen, sie vorzuführen. Etwas, das er bis vor kurzem noch für unmöglich gehalten hatte, war wahr geworden. Diese Ausübung der Macht vor Publikum hatte ihn fast um den Verstand gebracht und das Gefühl hielt sich bis zu diesem Zeitpunkt, da sie ihn vögelte.

Baxter griff ihr unter die Beine, hob sie hoch, um sie gleich darauf auf dem Podest abzulegen. Mit weit geöffneten Beinen lag sie vor ihm. Er kniete auf den Stufen und fuhr wie ein Wilder in sie. Sie stöhnte, als er sie stieß. Ihre schweren Brüste wippten bei jedem Stoß hin und her und feuerten ihn an, sie noch heftiger zu nehmen. Er schwitzte und die Schweißtropfen fielen ihr auf die Haut, um dort im Kerzenlicht zu glänzen. Es war ein höllischer Ritt für ihn, seine Gefühle schwirrten wild durcheinander und seine Erregung wollte keine Erlösung finden. So etwas hatte er noch nicht erlebt, und dass Samira unter ihm vor Vergnügen kreischte, spornte ihn nur zusätzlich an.

Zum ersten Mal in seinem Leben, tat ihm ein Orgasmus körperlich weh. Es zerriss ihn fast in seinen Lenden, als er endlich seinen Höhepunkt bekam und diesen immer weiter verlängerte. Irgendwann brach er über ihr zusammen und seine durchgeschwitzte Kleidung klebte auf seiner Haut.

Samira keuchte. Sie war nicht gekommen, aber es war ihr egal. Sie hatte ihr Vergnügen gehabt, und dass er vollkommen erschöpft über ihr lag, war ihr Lohn genug.

IV. Teil

Samira blieb noch eine Weile bei ihnen. Aber sie hatte sich verändert. Nicht in ihrem Wesen, aber in ihrer Haltung. Zwar war sie immer noch das zarte, kleine Geschöpf, das sich ihnen als Sklavin zur Verfügung stellte, aber es fehlte etwas. Etwas, das nicht greifbar war. Doch irgendwann dämmerte es Baxter, was es war …

An dem Morgen, als es ihm bewusst wurde, welche Veränderung in Samira vorgegangen war, fand er einen handgeschriebenen Zettel auf ihrem Bett. Sie war gegangen und auf dem Zettel stand:

Danke für alles! In Liebe Sam

Baxter nahm den Zettel, drehte und wendete ihn in seinen Händen. Nur diese sechs Worte gab es, mehr nicht.

Aber er verstand nun ihre Entwicklung und was in den letzten Wochen in ihr vorgegangen war. Ihre Vorführung hatte sie als Abschluss des kleinen Experimentes angesehen. In ihrer Entwicklung als Sklavin, Baxter hasste diesen Ausdruck immer noch, war Samira erwachsen geworden. Sie wusste nun, wozu sie fähig und was sie zu geben imstande war. Es hatte sich für sie gelohnt.

Aber hatte es sich auch für Baxter oder für die anderen gelohnt? Harold war sicherlich derjenige, den ihr Weggang am schmerzlichsten traf. Aber auch er kam darüber hinweg oder er ließ es sich zumindest nicht anmerken, dass sie ihm fehlte. Baxters Frau Fiona und Kay hatten dem Ganzen eh immer skeptisch gegenübergestanden und vermissten nun nichts mehr. Sie spielten ihre Spielchen weiter und sie waren sich wieder genug. Es war wie vorher, nur war Baxter um eine Erfahrung reicher. Für sich hatte er beschlossen, dass das Experiment nur mit Samira hatte gelingen können. Sie war einfach wie geschaffen dafür. Ihre Einstellung, ihr Vorleben, all das passte hervorragend in diese Spielform. Baxter konnte sich wunderbar auf sie einlassen, auch wenn er anfänglich Schwierigkeiten damit gehabt hatte. Aber alles in allem war es eine Erfahrung, die er weder wiederholen noch missen wollte.

Sie lebten ihr Leben zu viert weiter. Kays Ausstellung der restaurierten Bücher war ein voller Erfolg, Fionas Garten strahlte in altem Glanz, Harold ging ganz in der Betreuung der neu eröffneten Gästezimmer auf und Baxter selbst fügte sich in seine Aufgaben und konnte ihnen einiges Positives abgewinnen. Sie waren eine kleine Familie und sie liebten sich.

***

Es war der letzte sonnige Samstag im September, als Fiona und Baxter ihre Einkaufstour in London unterbrachen, um in einem kleinen Straßencafé abseits der großen Straßen eine Kleinigkeit zu trinken. Die Sonne bemühte sich, die Menschen in dem Café noch ein wenig zu wärmen, bevor sie sich für den kommenden Herbst verabschieden würde. Fee und Baxter scherzten miteinander. Diese seltenen Momente, in denen er mit ihr allein war, waren mehr als wichtig für ihn geworden und er liebte es, sie in Diskussionen zu verwickeln und ihren Gedankengängen dabei zu folgen.

Für einen Moment lehnte Baxter sich in seinem Stuhl zurück, um dem Kellner, der ihnen den bestellten Kuchen servierte, Platz zu machen, als er *sie* sah …

Baxter blickte gerade auf die gegenüberliegende Straßenseite und dort stand sie. Allerdings musste er zweimal hinsehen, um sich zu vergewissern. Auch Fee war die Person nicht entgangen und sie legte Baxter ihre Hand auf die Schulter.

»Ist das nicht …?« Sie vollendete den Satz nicht, denn sie war genauso erstaunt wie ihr Mann, über das Auftreten von Samira.

Samira hatte ihre Haare kürzen lassen und trug die dunkle Pracht nun zu einem Bob geschnitten. Ihr Make-up betonte ihre großen, dunklen Augen und in ihrem Gesicht strahlte es. Ein kurzer, karierter Rock, hohe braune Stiefel und ein Cordblazer rundeten das Erscheinungsbild ab. Zwar hatte sie sich total verändert, aber es war eindeutig Samira!

In ihrer Hand trug sie eine dieser sündhaft teuren Collegetaschen aus hellbraunem Leder. Sie winkte jemandem auf ihrer Straßenseite, und Baxter folgte ihrem Blick. Ein Herr, etwa in Baxters Alter, winkte ihr lächelnd zurück und beschleunigte daraufhin seinen Schritt. Lachend fiel sie ihm um den Hals. Und da sah Baxter es blitzen: ihr silbernes Halsband!

Sie lebte es also immer noch und hatte anscheinend nicht genug davon bekommen.

Er lächelte Fee zu. »Ja«, sagte er leise, »ich denke, das ist sie.« Baxter beugte sich zu seiner Frau und küsste sie.

»Wollen wir sie nicht …?« Er ließ sie nicht aussprechen und während er den Kopf schüttelte, legte er ihr einen Finger auf die Lippen. »Nein, es ist gut so, wie es ist.«

Baxter und Fiona sahen den beiden noch einen Moment hinterher. Irgendwann waren sie verschwunden. Es war ein eigenartiges Gefühl, sie so lachend und anscheinend ausgeglichen mit einem anderen Mann zu sehen. Sicherlich hätte man es Eifersucht nennen können. Vielleicht war es das auch. Die

Samira, die Baxter kannte, war sein gewesen. Sein Eigentum, weil sie es wollte. Und nun, nun gehörte sie jemand anderem.

Es war ein seltsames Gefühl … Aber es war nichts Falsches daran. Es war der perfekte Abschluss für Baxter, wenn auch mit Verzögerung.

Er hielt die Hand seiner Frau und bewunderte ihre strahlende Schönheit. Was wollte er mehr?